工业和信息化高职高专"十二五"规划教材立项项目

21世纪高职高专机电工程类规划教材

21 SHIJI GAOZHIGAOZHUAN JIDIANGONGCHENGLEI GUIHUA JIAOCAI

模具设计与制造综合实训

■ 孟文霞 主编

人民邮电出版社

北京

图书在版编目（CIP）数据

模具设计与制造综合实训 / 孟文霞主编. -- 北京 :
人民邮电出版社, 2011.9
工业和信息化高职高专“十二五”规划教材立项项目
. 21世纪高职高专机电工程类规划教材
ISBN 978-7-115-25895-3

Ⅰ. ①模… Ⅱ. ①孟… Ⅲ. ①模具－设计－高等职业
教育－教材②模具－制造－高等职业教育－教材 Ⅳ.
①TG76

中国版本图书馆CIP数据核字(2011)第157293号

内 容 提 要

本书主要内容包括典型冲孔落料复合模具拆装实验、典型冲压模具设计实验、注塑模具拆装实验、典型注塑模具设计实验。本书实例典型、针对性强，并注重体现实例的综合性。

本书可作为高职高专机械类专业的教材，也可供相关专业人员参考使用。

工业和信息化高职高专“十二五”规划教材立项项目
21世纪高职高专机电工程类规划教材
模具设计与制造综合实训

◆ 主　　编　孟文霞
　责任编辑　赵慧君
◆ 人民邮电出版社出版发行　　北京市崇文区夕照寺街14号
　邮编　100061　　电子邮件　315@ptpress.com.cn
　网址　http://www.ptpress.com.cn
　北京铭成印刷有限公司印刷
◆ 开本：787×1092　1/16
　印张：7.25　　　　2011年9月第1版
　字数：176千字　　　2011年9月北京第1次印刷

ISBN 978-7-115-25895-3

定价：19.80元

读者服务热线：(010)67170985　印装质量热线：(010)67129223
反盗版热线：(010)67171154

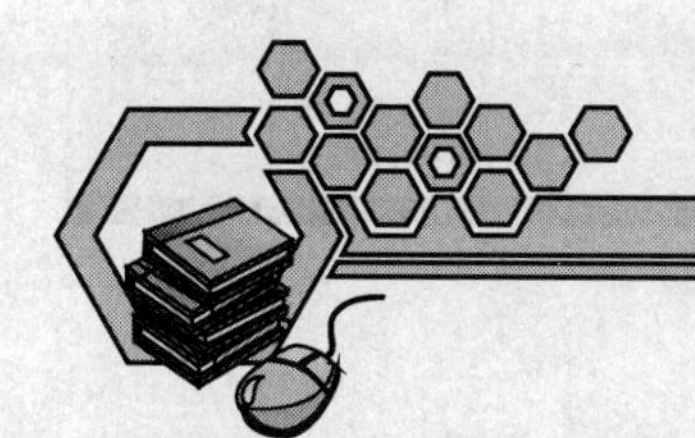

总 序

为适应教学改革的需要，切实加强内涵建设，增强应用型人才培养的针对性，确保使用的教材符合学生实际。学校决定启动“名书”工程，由具有高级职称、从事教学工作多年、有丰富教学经验、教学效果好的教师担任主编，出版一批自编教材，从而带动学校的教材建设，进一步提高教育教学质量。

该教材具有如下特点：一是教材定位创新。定位目标“新颖、实用、全面、精确”。主要以学习知识为基础，创新人才培养新模式为前提，培养能力为目的，提高综合素质为保证。二是教材内容创新。教材内容注重紧密结合社会需求实际，重点突出技能、技巧和方法的练习，突出内容的创新性及实践指导性。三是教材体系创新。打破传统教材的老模式，建立理论与实践相结合的新体系：“一条主线”（基本素质和应用能力培养）、“两个重点”（理论体系和实践体系）、“三大结构”（知识、能力和素质）。

该教材符合学校教学改革的总体精神，反映和体现了学校在教学改革中取得的最新成果，具有较强的教学实用性，按照培养应用型人才的要求合理取材，简明易懂，深入浅出，有启发性，学生能够比较轻松地掌握较深的专业理论知识。在夯实学生理论基础的同时，注重培养学生的创新思维，有意识地培养学生分析问题和解决问题的能力。

敬请广大读者提出宝贵意见！

烟台南山学院

二〇一一年五月

前　言

“模具设计与制造综合实训”课程是机械类专业重要的实践教学环节，主要介绍冲压模具与注塑模具的拆装与设计，通过对冲压模具和注塑模具进行拆装与设计实验，学生能进一步了解各种类型模具的典型结构及工作原理，了解模具零部件在模具中的作用，零部件相互间的装配关系，掌握模具的拆装方法和相关装配工具的使用方法。

本书通过对冲压模具和注塑模具工艺设计实验的介绍，加深学生对模具设计与制造基础知识的理解，使学生全面了解与掌握模具的组成、结构、工作原理及其设计、制造的方法与步骤等，提高学生对所学过的零件设计、机械制图、机械制造工艺、公差与测量技术等知识与技能的掌握与综合应用能力，熟练掌握用 Pro/E 软件进行模具零件的三维建模、组件装配和工程图创建的步骤和方法，提高模具的设计质量和效率，同时培养学生严谨的实践态度和分析解决问题的能力。

本书的参考学时为 16 学时，其中实践环节为 11 学时，各章的参考学时参见下面的学时分配表。

章　节	课 程 内 容	学 时 分 配	
		讲　授	实　训
第 1 章	典型冲孔落料复合模具拆装实验	0.5 学时	1.5 学时
第 2 章	典型冲压模具设计实验	2 学时	4 学时
第 3 章	注塑模具拆装实验	0.5 学时	1.5 学时
第 4 章	典型注塑模具设计实验	2 学时	4 学时
课时总计		5 学时	11 学时

本书由孟文霞主编，车得轨参与编写。

由于编者水平有限，书中错误、疏漏之处在所难免，恳请广大读者批评指正。

编　者

2011 年 7 月

目 录

第1章 典型冲孔落料复合模具拆装实验

一、实验目的和要求

1. 实验目的

通过对冲压模具的拆卸和装配，培养学生的动手能力，提高分析问题、解决问题能力和创新能力，使学生对模具典型结构及零部件装配有直观而全面的认识。

2. 实验要求

掌握典型冷冲压模具的工作原理、结构组成、模具零部件的功用、相互间的配合关系；能正确地使用模具装配常用的工具和辅具；能正确地草绘模具结构图、部件图和零件图；掌握模具拆装一般步骤和方法；通过观察模具的结构能分析零件的形状；能正确描述所拆装模具的工作过程，并能对其模具结构提出适当的改进意见。

二、注意事项

（1）拆卸模具前，首先清点拆装工具，包括M6、M8、M10内六角扳手、垫铁、橡皮锤、紫铜棒、撬杠等。

（2）在拆装过程中，要了解拆装工具的使用方法，按要求操作，切忌损坏模具零件，对本综合实训中指出不能拆卸的部位，不能强行拆卸。

（3）实验结束后按工具清单清点工具，将工具摆放整齐，交指导教师验收，并注意模具的维修与保养。

三、实验任务

1．拆装模具类型

包括单工序冲裁模、倒装式冲孔落料复合模、正装式冲孔落料复合模和弯曲模各1套，共4套冲压模具。

2．实验准备

（1）小组人员的分工与协作。将学生分组，每组5～6人，每组拆装一套模具。同组人员可分工负责，如2人负责拆卸模具，1人负责记录，2人负责绘制模具总装草图。

（2）熟悉实验要求。首先仔细观察模具，弄清楚模具零部件的相互装配关系和紧固方法。再详细阅读本综合实训，明确实验要求，对实训中提出的问题在实验过程中进行分析并做好详细的记录。做拆装实验时带笔和纸张。

（3）绘制模具总装配草图1张（A3幅面，上交），要求零件草图应按目测徒手绘出，但内容要完整,投影关系正确；字体工整、图面整洁、图线分明、图样画法符合机械制图国家标准。

四、拆装步骤

示例一：单工序冲裁模拆装步骤

冲裁件如图1-1所示。

1．拆卸步骤

（1）拆装前模具如图1-2所示，用紫铜棒轻轻敲击上、下模座，将上模（见图1-3）、下模（见图1-4）从导柱和导套处分开，拆卸时勿使上、下模座平面发生偏斜。

图 1-1　冲裁件

图 1-2　单工序冲裁模

图 1-3　上模

（2）拆上模。

① 松开上模座上的 3 个卸料螺钉，取下卸料板和 3 个弹簧（见图 1-5）。

图 1-4　下模

② 松开上模座上的 3 个连接螺钉，卸下 2 个销钉，取下凸模固定板和垫板（见图 1-6）。

图 1-5 卸料板、弹簧及连接螺钉

图 1-6 凸模固定板、垫板、连接螺钉和销钉

凸模与固定板是压入式装配，故不要将凸模与凸模固定板卸开。

③ 用紫铜棒敲下模柄（见图 1-7）。

图 1-7 模柄和下模座

（3）拆下模。

① 松开下模座上的 3 个连接螺钉，卸下 2 个销钉，取下凹模板（见图 1-8）。

图 1-8 卸料板、弹簧及连接螺钉

② 将拆卸下来的所有零件，有序摆放（见图 1-9）。

图 1-9 拆卸后的全部零件

2. 装配步骤

装配冲裁模具与拆卸的次序正好相反，即先拆的零部件后装，后拆的零部件先装，由里至外。

示例二：倒装式冲孔落料复合模拆装步骤

1. 拆卸步骤

（1）拆装前模具如图 1-10 所示，用紫铜棒轻轻敲击上、下模座，将上模（见图 1-11）、下模（见图 1-12）从导柱和导套处分开，拆卸时勿使上下模座平面发生偏斜。

图 1-10　倒装式冲孔落料复合模

（2）拆上模。

① 松开上模座的 4 个连接螺钉，卸下 2 个销钉。

② 取下凹模及凹模内推件块（见图 1-13）。

图 1-11　上模

图 1-12　下模

图 1-13　凹模及推件块

③ 推杆卸下前如图 1-14 所示。取下凸模固定板内的 6 个推杆（见图 1-15）。

凸模与固定板是压入式装配，故不要将凸模与固定板卸开。

图 1-14　推杆卸下前

图 1-15　推杆卸下后

④ 取下垫板及垫板内的推件板（见图 1-16）。

图 1-16　垫板及推件板

⑤ 取下模柄内的打料杆。

模柄与上模座是压入式装配，故不要将模柄与上模座卸开。

（3）拆下模。

① 松开下模座上的4个卸料板连接螺钉，取下卸料板及4个弹簧（见图1-17）。

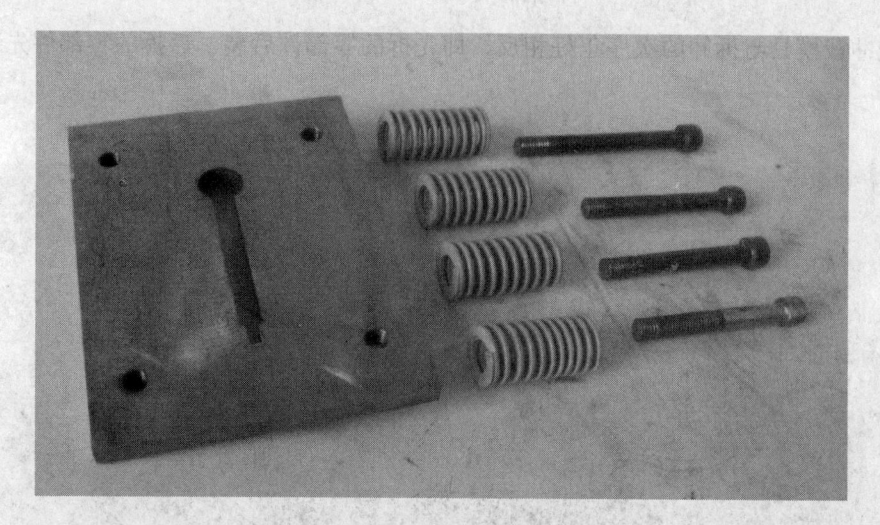

图1-17 卸料板、弹簧及连接螺钉

② 松开凸凹模固定板上的4个连接螺钉，用紫铜棒敲打退出2个固定销钉，取下凸凹模固定板及垫板（见图1-18）。

注意

凸凹模与凸凹模固定板是压入式装配，故不要卸开。

图1-18 凸凹模固定板、垫板、螺钉、销钉及下模座

③ 将拆卸下来的所有零件，有序摆放（见图 1-19）。

2. 装配步骤

装配冲裁模具与拆卸的次序正好相反，即先拆的零部件后装，后拆的零部件先装，由里至外。

图 1-19 拆卸后的全部零件

五、问题分析

1. 请正确描述所拆装模具的工作过程。

2. 通过观察模具的结构和分析零件的形状，你认为所拆装的模具在结构方面可作哪些改进?

六、成绩评定

成绩评定结果填入表 1-1 中。

表 1-1　　成绩评定项目及得分情况

评价项目	分　数	得　分
运用所学知识和技能的能力	20	
任务完成情况	20	
学习态度	10	
图样质量	30	
出勤情况	20	
综合成绩		

注：得 90 分以上者成绩为“优”，得 80 ~ 89 分者成绩为“良”，得 70 ~ 79 分者成绩为“中”，得 60 ~ 69 分者成绩为“及格”，得 60 分以下者成绩为“不及格”。

第2章 典型冲压模具设计实验

一、实验目的和要求

冲压模具设计实验是在完成冲压模具理论教学之后对所学课程内容进行的一次综合训练，其目的和要求如下。

（1）使学生熟悉冲压模的基本结构。

（2）掌握冲压模具工作尺寸的计算方法。

（3）掌握冲压模具设计的过程与步骤，在设计过程中提高学生分析问题、解决问题的能力。

（4）使学生熟练掌握 Pro/E 软件进行模具零件的三维建模、组件装配和工程图创建的步骤和方法，提高设计质量和效率。

二、注意事项

（1）按实训中的设计步骤，进行相应计算列式和计算结果的填空。

（2）总体设计时要求只考虑结构组成，不要求具体尺寸。

三、设计任务

1. 要求完成的主要内容

（1）利用 Pro/E 软件进行模具各零部件的三维造型设计。

（2）将所有模具三维零件进行总体装配，分析干涉部位，从而检验零件设计的合理性（打印模具总装配图 1 张；缩放至 A4 幅面打印，上交）。

（3）检验合格后，直接生成 Pro/E 二维工程图，再转换到 AutoCAD 中进行修改，最终完成模具各零部件的二维图纸（打印模具各零件二维总图 1 张；缩放至 A4 幅面打印，上交）。

（4）同时上交电子版全套二维和三维模具图。要求按照 1∶1 绘制，在绘制过程中，完成模架、模柄、螺钉、销钉等标准件的选用工作。

（5）填写本综合实训。

2. 要求

（1）图面整洁、布局合理完整、图样画法符合机械制图国家标准。

（2）尺寸标注正确、完整、基本合理、字体工整。

（3）图纸内容完整，投影关系正确。

（4）编写技术要求，完整细致地填写标题栏和明细栏。

四、设计步骤

题目：如图 2-1、图 2-2 所示的 U 形弯曲件，已知材料为 45 钢，毛坯为热轧钢板，板料厚度 3mm，试完成模具的总体结构设计。

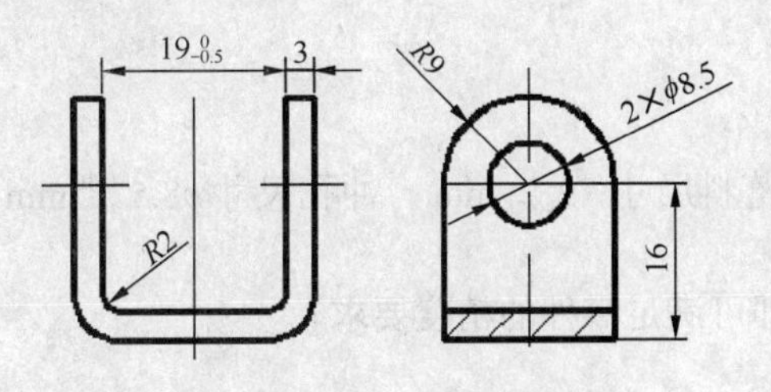

图 2-1　U 形弯曲件二维图

图 2-2　U 形弯曲件三维图

（一）冲压件结构工艺性分析

1. 材料分析

45 钢为优质碳素结构钢，含 C 量 0.45%，属中碳钢，具有较好的冲裁和弯曲成形性能。

2. 结构分析

（1）零件结构简单，左右对称，对弯曲成形较为有利。查弯曲件最小弯曲半径表，可知材料落料后经退火处理，取垂直于纤维方向进行弯曲加工，则材料所允许的最小弯曲半径 $r_{\min}=0.5t=$ (1)__________mm，小于零件弯曲半径 $r=2$mm，故不会产生弯曲裂纹。

另外，零件上有两个孔，其中最小孔径为ϕ8.5mm，查常用金属板料的力学性能表，得 45 钢抗剪强度$\tau=440\sim560$MPa。再查一般冲孔模可冲的最小孔径表，可知该 U 形弯曲件上的孔满足大于冲裁最小孔径 $d_{\min}\geqslant1.3t=3.6$mm 的要求。

（2）直径为ϕ8.2mm 的孔距。零件外形之间的孔边距为 $9-8.5/2=4.75$mm，满足大于冲裁件最小孔边距 $b_{\min}\geqslant t=3$mm 的要求，零件上的孔位于弯曲变形区之外，所以弯曲时孔不会变形，可以先冲孔后弯曲。

3. 精度分析

零件上只有 1 个尺寸有公差要求，查附录 3 标准公差表，得其公差要求属于 IT (2)__________级，所以普通冲裁可以满足零件的精度要求。其余未注公差尺寸均按 IT14 级选取，查得零件各尺寸公差如下：

落料尺寸 $18_{-0.43}^{\ 0}$ mm；落料尺寸 $R9_{-0.36}^{\ 0}$ mm，冲孔尺寸 $\phi8.5_{\ 0}^{+0.36}$ mm。

所以普通弯曲和冲裁即可满足零件的精度要求。

4. 结论

由以上分析可知，该零件冲压工艺性良好，可以冲裁和弯曲。

（二）确定冲裁工艺方案

该 U 形弯曲件的生产包括落料、冲孔和弯曲 3 个基本工序，可以有以下 3 种工艺方案。

方案一：先落料，后冲孔，再弯曲。采用 3 套单工序模生产。

方案二：落料 + 冲孔复合冲压，再弯曲。采用复合模和单工序弯曲模生产。

方案三：冲孔 + 落料连续冲压，再弯曲。采用级进模和单工序弯曲模生产。

对以上可能方案进行分析，以确定最佳方案。

方案一模具结构简单，但需 3 道工序 3 副模具，生产效率较低。

方案二需 2 副模具，且使用复合模生产的冲压件形位精度和尺寸精度易保证，生产效率较高。现对复合模中凸凹模壁厚进行校核，当材料厚度为 2mm 时，查附录 6，可得当料厚为 3.0mm 时，凸凹模最小壁厚为 6.7mm，经计算该零件的孔边距为 (3)________mm，低于凸凹模允许的最小壁厚 6.7mm，从强度考虑，不宜采用复合模。

方案三需 2 副模具，生产效率也很高，但零件的冲压精度稍差。欲保证冲压件的形位精度，需在模具上设置导正销导正，故模具制造、安装较复合模略复杂。

通过对上述 3 种方案的综合分析比较，该件的冲压生产采用方案三中的级进模进行生产。

（三）零件工艺计算

1. 弯曲工艺计算

（1）毛坯尺寸计算。

对于 $r > 0.5t$ 的弯曲件，由于变薄不严重，可按中性层尺寸不变的原则，计算坯料总展开长度。

坯料总展开长度等于弯曲件直线部分和圆弧部分长度之和，经计算零件相对弯曲半径 $r/t =$ (4)________，查得中性层位移系数 $x = 0.28$，所以坯料总展开长度为

$$L_{总} = (5)\underline{\qquad\qquad\qquad\qquad\qquad\qquad} \approx (6)\underline{\qquad\qquad}\text{mm。}$$

毛坯宽度尺寸为 18mm。弯曲件展开图如图 2-3 所示，经计算两孔中心距为 46mm ± 0.31mm。

（2）弯曲力计算。

弯曲力是设计弯曲模和选择压力机的重要依据。该零件自由弯曲力 $F_{自}$、校正弯曲力 $F_{校}$ 和顶件力 $F_{顶}$ 分别计算如下

$$F_{自} = \frac{0.7KBt^2\sigma_b}{r+t} = (7)\underline{\qquad\qquad\qquad\qquad\qquad} = (8)\underline{\qquad\quad}\text{kN}$$

$$F_{校} = qA = (9)\_\_\_\_\_\_\_\_\_\_ = (10)\_\_\_\_\_\_ \text{kN}$$

$$F_{顶} = (0.3 \sim 0.8)F_{自} = (11)\_\_\_\_\_\_\_\_\_\_ \text{kN}$$

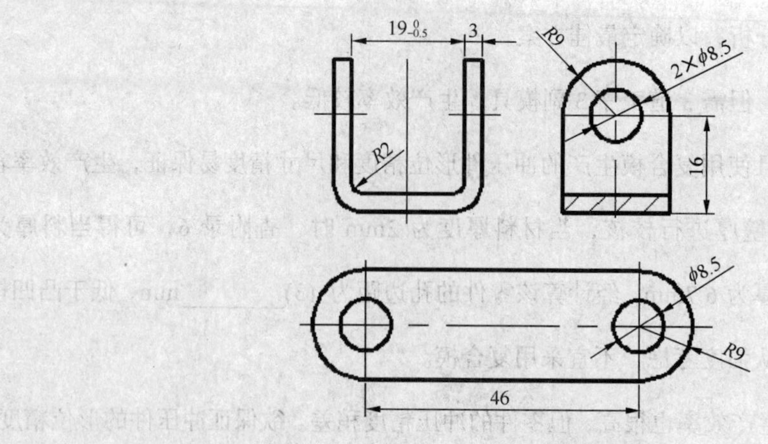

图 2-3　零件图及坯料展开图

对于校正弯曲，由于校正弯曲力比顶件力大得多，故一般 $F_{顶}$ 可以忽略。

生产中为安全起见，取 $F_{压力机} \geqslant 1.2F_{校} = (12)$__________ kN，根据压弯力大小，初选设备为 (13)__________。

2. 冲孔落料级进模工艺计算

（1）刃口尺寸计算。

刃口尺寸计算原则如下。

① 冲裁件在测量和装配中，都以光亮带的尺寸为基准。

② 落料件的光亮带，是因凹模刃口挤切材料产生的；而孔的光亮带，是凸模刃口挤切材料产生的。

③ 设计落料模先确定凹模刃口尺寸，以凹模为基准，间隙取在凸模上，即冲裁间隙通过减小凸模刃口尺寸来取得；设计冲孔模先确定凸模刃口尺寸，以凸模为基准，间隙取在凹模上，冲裁间隙通过增大凹模刃口尺寸来取得。

④ 根据冲模在使用过程中的磨损规律，设计落料模时，凹模基本尺寸应取接近或等于零件的最小极限尺寸；设计冲孔模时，凸模基本尺寸则取接近或等于冲件孔的最大极限尺寸。这样，凸、凹模在磨损到一定程度时，仍能冲出合格的零件。

⑤ 磨损量用 $x\Delta$ 表示，其中 Δ 为冲裁工件的尺寸公差值；x 为磨损系数，取值有 0.5、0.75 和 1.0 三种情况，与冲裁工件的制造精度有关，具体数值参考教材而定。

⑥ 零件尺寸公差与冲模刃口尺寸的制造偏差原则上都应按“入体原则”标注为单向公差，所谓“入体”原则是指标注零件尺寸公差时落料件上偏差为零，只标注下偏差；零件孔下偏差为零，只标注上偏差。如果零件公差是依双向偏差标注的，则应换算成单向标注，磨损后无变化的尺寸除外。

凹模（内表面）刃口尺寸制造偏差取正值（$+\delta_d$）；凸模（外表面）刃口尺寸制造偏差取负值（$-\delta_p$）。但刃口尺寸磨损后不变化的尺寸，制造偏差取双向偏差$\pm\delta$。

由图 1-10 可知，该零件属于一般冲孔、落料件。采用互换加工法计算冲裁模的凸、凹模尺寸。尺寸 18mm、R9mm 由落料获得，2×ϕ8.5mm 和 46mm ± 0.31mm 由冲孔同时获得。

查表 2-1 得凸、凹模最小间隙 $Z_{\min}=(14)$________mm，最大间隙 $Z_{\max}=(15)$________mm，所以 $Z_{\max}-Z_{\min}=(16)$______mm。

① 对落料尺寸 $18_{-0.43}^{\ 0}$mm。查表 2-2，得凹、凸模制造公差分别为 $\delta_d=$________mm，$\delta_p=$________mm，查表 2-3，得磨损系数 x 取 (19)________。根据冲裁凸、凹模刃口尺寸计算原则，进行如下计算

落料凹模　$L_d=(L-x\Delta)_0^{+\delta_d}=(20)$______________mm

落料凸模　$L_p=(L_d-Z_{\min})_{-\delta p}^{\ 0}=(21)$______________mm

经校核，满足不等式$|\delta_T|+|\delta_A|\leqslant Z_{\max}-Z_{\min}$要求。

② 对落料尺寸 $R9_{-0.36}^{\ 0}$mm。属于半边磨损尺寸。由于是圆弧曲线，应该与落料尺寸 18mm 相切，所以其凸、凹模刃口尺寸取为

落料凹模　$R_d=\dfrac{1}{2}\times 17.678_0^{+0.030/2}\text{mm}=8.839_0^{+0.015}\text{mm}$

落料凸模　$R_p=\dfrac{1}{2}\times 17.158_{-0.020/2}^{\ 0}\text{mm}=8.579_{-0.010}^{\ 0}\text{mm}$

表 2-1　　冲裁模初始双面间隙直 Z

材料厚度	08、10、35、Q295、Q235A		Q345		40、35		65Mn	
t/mm	$Z_{\min}$	$Z_{\max}$	$Z_{\min}$	$Z_{\max}$	$Z_{\min}$	$Z_{\max}$	$Z_{\min}$	$Z_{\max}$
< 0.5	极小间隙							
0.5	0.040	0.060	0.040	0.060	0.040	0.060	0.040	0.060
0.6	0.048	0.720	0.048	0.072	0.048	0.072	0.048	0.072

续表

材料厚度	08、10、35、Q295、Q235A		Q345		40、35		65Mn	
t/mm	Z_{min}	Z_{max}	Z_{min}	Z_{max}	Z_{min}	Z_{max}	Z_{min}	Z_{max}
< 0.5	极小间隙							
0.7	0.064	0.092	0.064	0.092	0.064	0.092	0.064	0.092
0.8	0.072	0.104	0.072	0.104	0.072	0.104	0.064	0.092
0.9	0.090	0.126	0.090	0.126	0.090	0.126	0.090	0.126
1.0	0.100	0.140	0.100	0.140	0.100	0.140	0.090	0.126
1.2	0.126	0.180	0.132	0.180	0.132	0.180		
1.5	0.132	0.240	0.170	0.240	0.170	0.240		
1.75	0.220	0.320	0.220	0.320	0.220	0.320		
2.0	0.246	0.360	0.260	0.380	0.260	0.380		
2.1	0.260	0.380	0.280	0.400	0.280	0.400		
2.5	0.360	0.500	0.380	0.540	0.380	0.540		
2.75	0.400	0.560	0.420	0.600	0.420	0.600		
3.0	0.460	0.640	0.480	0.660	0.480	0.660		
3.5	0.540	0.740	0.580	0.780	0.580	0.780		
4.0	0.640	0.880	0.680	0.920	0.680	0.920		
4.5	0.720	1.000	0.680	0.960	0.780	1.040		
5.5	0.940	1.280	0.780	1.100	0.980	1.320		
6.0	1.080	1.440	0.840	1.200	1.140	1.500		
6.5			0.940	1.300				
8.0			1.200	1.680				

③ 对冲孔尺寸 $\phi 8.5^{+0.36}_{0}$ mm。查表 2-2，得凹、凸模制造公差分别为 δ_d = (22)______mm，δ_p = (23)______mm，查教材表 2-12，得磨损系数 x = (24)________。

根据冲裁凸、凹模刃口尺寸计算原则，进行如下计算

冲孔凸模　$d_p=(d+x\Delta)_{-\delta p}^{\ 0}=(25)$______________mm

冲孔凹模　$D_d=(d_p+Z_{min})_{\ 0}^{+\delta_d}=(26)$______________mm

经校核，均满足不等式$|\delta_T|+|\delta_A|\leqslant Z_{max}-Z_{min}$要求。

④ 对孔心距尺寸46mm ± 0.31mm。两个孔同时冲出，可按如下公式计算

$$L_m=L\pm\Delta/8=(27)\_\_\_\_\_\_\_\_\_\_\_\_\_\_ \text{mm}$$

表2-2　　规则形状冲裁凸、凹模制造极限偏差　　（单位：mm）

材料厚度 t/mm	基本尺寸/mm									
	≤10		>10 ~ 50		50 ~ 100		100 ~ 150		150 ~ 200	
	δ_d	δ_p	δ_d	δ_p	δ_d	δ_p	δ_d	δ_p	δ_d	δ_p
0.4	+0.006	−0.004	+0.006	−0.004	—	—	—	—	—	—
0.5	+0.006	−0.004	+0.006	−0.004	+0.008	−0.005	—	—	—	—
0.6	+0.006	−0.004	+0.008	−0.005	+0.008	−0.005	+0.010	−0.007	—	—
0.8	+0.007	−0.005	+0.008	−0.006	+0.010	−0.007	+0.012	−0.008	—	—
1.0	+0.008	−0.006	+0.010	−0.007	+0.012	−0.008	+0.015	−0.010	+0.017	−0.012
1.2	+0.010	−0.007	+0.012	−0.008	+0.015	−0.010	+0.017	−0.012	+0.022	−0.014
1.5	+0.012	−0.008	+0.015	−0.010	+0.017	−0.012	+0.020	−0.014	+0.025	−0.017
1.8	+0.015	−0.010	+0.017	−0.012	+0.020	−0.014	+0.025	−0.017	+0.029	−0.019
2.0	+0.017	−0.012	+0.020	−0.014	+0.025	−0.017	+0.029	−0.019	+0.032	−0.030
2.5	+0.023	−0.014	+0.027	−0.017	+0.030	−0.020	+0.035	−0.023	+0.040	−0.037
3.0	+0.027	−0.017	+0.030	−0.020	+0.035	−0.023	+0.040	−0.027	+0.045	−0.030

表2-3　　磨损系数 x

材料厚度 t/mm	非圆形工件 x 值			圆形工件 x 值	
	1	0.75	0.5	0.75	0.5
	工件公差Δ/mm				
~ 1	< 0.16	0.17 ~ 0.35	≥0.36	< 0.16	≥0.16
1 ~ 2	< 0.20	0.21 ~ 0.41	≥0.42	< 0.20	≥0.20
2 ~ 4	< 0.24	0.25 ~ 0.49	≥0.50	< 0.24	≥0.24
> 4	< 0.30	0.31 ~ 0.59	≥0.60	< 0.30	≥0.30

（2）排样计算。

分析零件形状应采用单直排排样方式，零件可能的排样方式有如图 2-4 所示两种。

排样方法对比见表 2-4。比较方案 a 和方案 b，方案 a 是少废料排样，显然材料利用率高，但因条料本身的剪板公差以及条料的定位误差影响，工件精度不易保证，且模具寿命低，操作不便，排样不适合级进模，所以选择方案 b。同时，考虑凹模刃口强度，其中间还需留一空工位。现选用规格为 3mm × 1 000mm × 1 500mm 的钢板，则需计算采用不同的裁剪方式时每张板料能出的零件总个数。

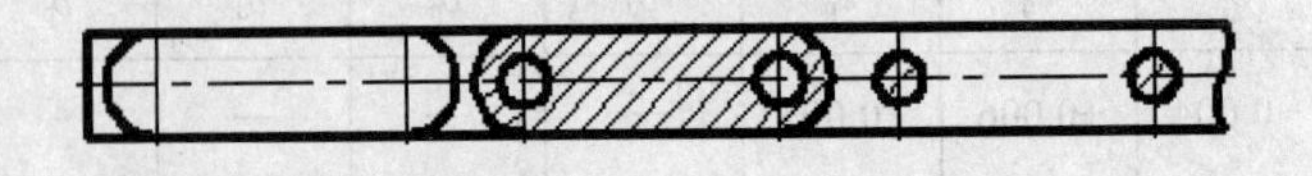

（a）方案 a

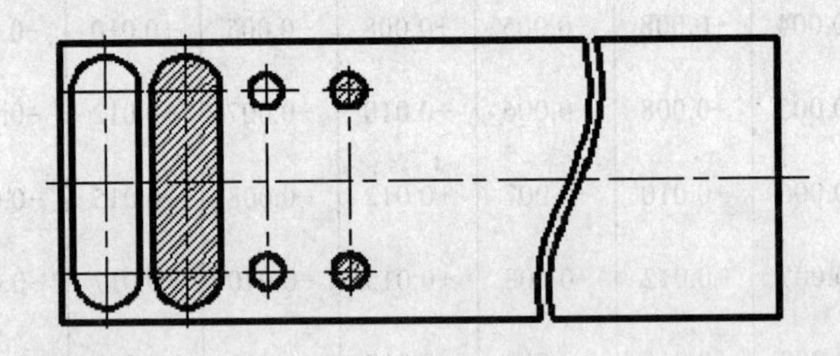

（b）方案 b

图 2-4　可能的排样方式

查低碳钢最小工艺搭边值表，得零件之间的搭边值 $a_1 = (28)$ ________ mm，零件与条料侧边之间的搭边值 $a = (29)$ ________ mm，条料与导料板之间的间隙值 $b_0 = (30)$ ________ mm，则条料宽度和步距分别按下式计算

$$B = (L + 2a + b_0)_{-\Delta}^{\ 0} = (31) \underline{\qquad\qquad\qquad} \text{mm}$$

$$S = D + a_1 = (32) \underline{\qquad\qquad\qquad} \text{mm}$$

由于弯曲件裁板时应考虑纤维方向，所以只能采用横裁。则一张板材能出的零件总个数为

$$n = \frac{1500}{B} \times \frac{1000 - 2.8}{S} = (33) \underline{\qquad\qquad} 个$$

排样图如图 2-5 所示。

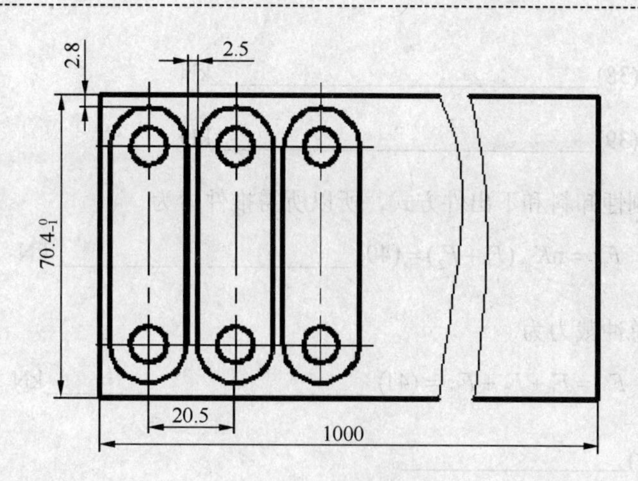

图 2-5 零件的排样图

计算每个零件的面积 $S=(34)$____________________ mm^2，则材料利用率为

$$\eta=\frac{n\times S}{L_{板}\times B_{板}}\times 100\%=(35)\_\_\_\_\_\_\_\_\_\_\_\_\_\_\_\_\_\_\_\_$$

表 2-4 排样方法对比

排样方法	概念	特点比较			应用
		材料利用率	冲件质量	模具寿命	
有废料	沿冲件的全部外形冲裁，冲件与冲件之间、冲件与条料侧边之间都存在有搭边废料	最低	好	高	用于冲裁形状复杂、尺寸精度要求较高的冲裁件
少废料	沿冲件的部分外形切断或冲裁。只在冲件与冲件之间或冲件与条料侧边之间留有搭边	较高	较好	较高	用于某些尺寸要求精度不高的冲裁件排样
无废料	冲件与冲件之间或冲件与条料侧边之间均无搭边废料。冲件与冲件之间沿直线或曲线的切断而分开	高	不易保证	最低	对冲裁件的结构形状有要求，应用受限

3. 冲裁力计算

此零件的落料周长为 (36)__________mm，冲孔周长为 (37)__________mm，材料厚度 3mm，45 钢的抗剪强度取 500MPa，冲裁力基本计算公式 $F=KLt\tau$，则有

落料力　F_1=(38)____________________________kN

冲孔力　F_2=(39)____________________________kN

模具结构采用刚性卸料和下出件方式，所以所需推件力为

$$F_{推} = nK_{推}(F_1 + F_2) = (40)\_\_\_\_\_\_\_\_\_\_\_\_\_\_\ \text{kN}$$

计算零件所需总冲裁力为

$$F_{总} = F_1 + F_2 + F_{推} = (41)\_\_\_\_\_\_\_\_\_\_\_\_\_\_\ \text{kN}$$

初选设备为(42)__________________。

4. 压力中心计算

零件是对称件，所以压力中心就是冲裁轮廓图形的几何中心，但由于采用级进模设计，因此需计算模具的压力中心。排样时零件前后对称，所以只需计算压力中心横坐标，如图 2-6 所示建立坐标系。

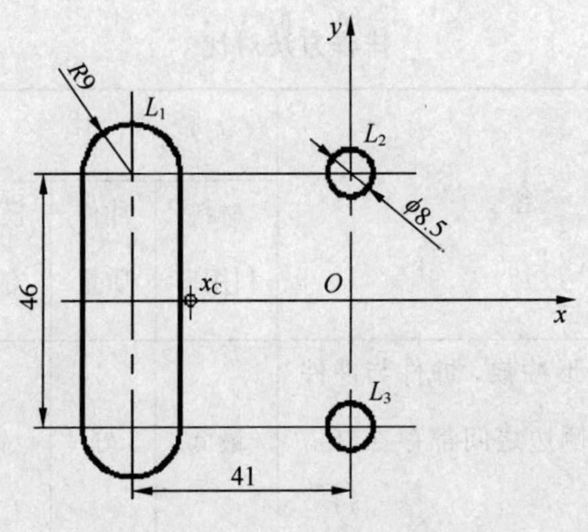

图 2-6　压力中心的计算

设模具压力中心横坐标为 x_c，将冲裁件分解为 3 个部分，并依次编号为 L_1、L_2 和 L_3，计算各部分的长度及其重心到坐标轴 y 的距离 x_1、x_2、x_3。根据下式计算冲裁件的压力中心为

$$x_c = \frac{L_1x_1 + L_2x_2 + L_3x_3}{L_1 + L_2 + L_3} = (43)\_\_\_\_\_\_\_\_\_\_\_\_\_\_\ \text{mm}$$

所以模具压力中心坐标点（$-x_c$，0）为（44）（______________）。

（四）冲压设备的选用

冲压设备常用曲柄压力机，按照《锻压机械型号编制方法》（JB/GQ 2003—1984）规定，曲柄压力机型号命名方法见表 2-5。

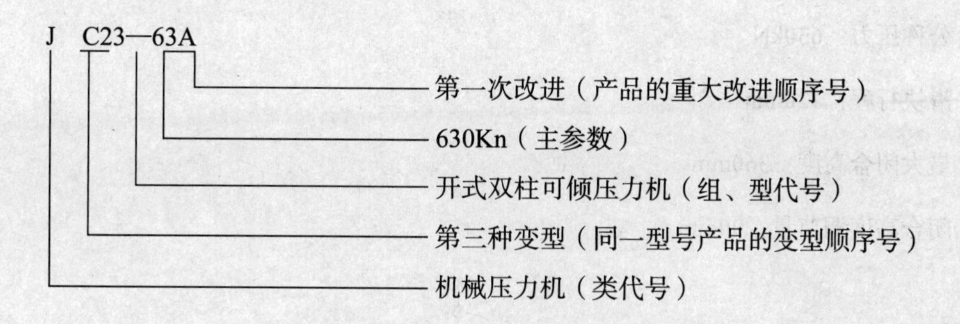

表 2-5　曲柄压力机型号命名方法

组		型	名　称	组		型	名　称
特　征	号	号		特　征	号	号	
开式单柱	1	1	单柱固定台压力机	开式双柱	2	8	开式柱形台压力机
		2	单柱升降台压力机			9	开式底传动压力机
		3	单柱柱形台压力机	闭　式	3	1	闭式单点压力机
开式双柱	2	1	开式双柱固定台压力机			2	闭式单点切边压力机
		2	开式双柱升降台压力机			3	闭式侧滑块压力机
		3	开式双柱可倾压力机			6	闭式双点压力机
		4	开式双柱转台压力机			7	闭式双点切边压力机
		5	开式双柱双点压力机			9	闭式圆点压力机

曲柄压力机的主要技术参数如下。

公称压力（吨位）：是指滑块离下死点前某一特定距离 S_P 或在特定的角度 $\alpha P(30°)$时，滑块上所允许承受的最大作用力。

冲裁、弯曲时压力机的吨位应比计算的冲压力大 30%左右。拉深时压力机吨位应比计算出的拉深力大 60%～100%。

工作台面尺寸：一般应大于模具底座各边 50～70mm；其孔尺寸应大于工件或废料尺寸，以便漏料；对于有弹顶装置的模具，工作台孔尺寸还应大于下弹顶器的外形尺寸。

1. 冲孔落料级进模设备的选用

根据冲压力的大小，选取开式双柱可倾压力机 JB23—63，其主要技术参数如下。

公称压力：630kN

滑块行程：120mm

最大闭合高度：360mm

闭合高度调节量：90mm

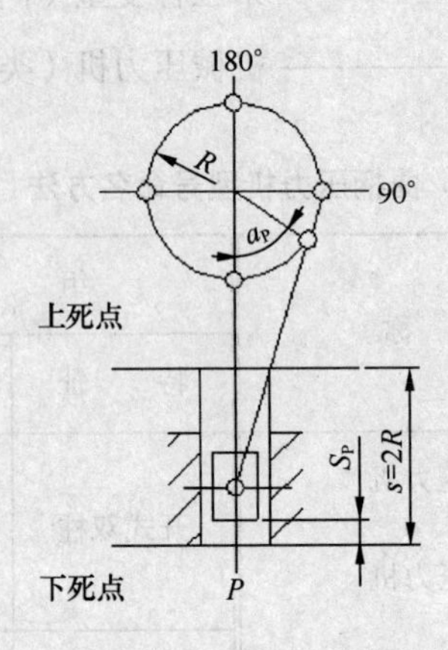

图 2-7　曲柄压力机工作原理示意图

滑块中心线到床身距离：260mm

工作台尺寸：480mm × 710mm

工作台孔尺寸：ϕ230mm

模柄孔尺寸：ϕ50mm × 70mm

垫板厚度：90mm

2. 弯曲模设备的选用

根据弯曲力大小，选开式双柱可倾压力机 JH23—25，其主要技术参数如下。

公称压力：250kN

滑块行程：75mm

最大闭合高度：260mm

闭合高度调节量：55mm

滑块中心线到床身距离：200mm

工作台尺寸：370mm × 560mm

工作台孔尺寸：ϕ260mm

模柄孔尺寸：ϕ40mm × 60mm

垫板厚度：50mm

（五）模具零部件结构的确定

1. 冲孔落料级进模零部件设计

（1）标准模架的选用。

标准模架的选用依据为凹模的外形尺寸，所以应首先计算凹模周界的大小。

该设计采用矩形凹模，如图 2-8 所示。由于冲裁时矩形凹模受力状态比较复杂，目前还不能用理论方法精确计算，必须综合考虑各方面因素，在实际生产中首先采用下列经验公式概略地确定。

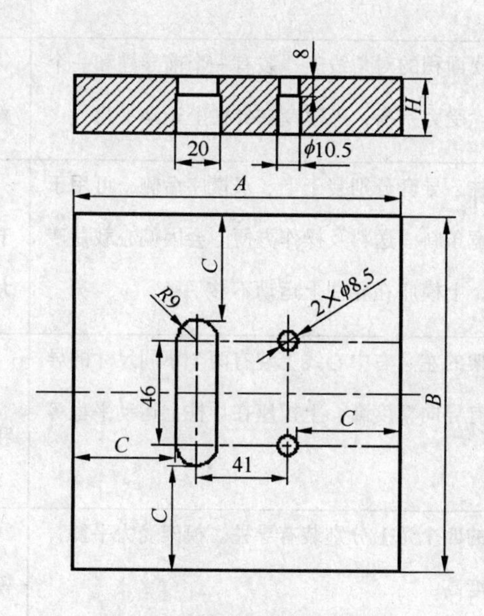

图 2-8　凹模外形尺寸的计算

凹模高度　$H = Kb = (45)$____________ mm；

凹模壁厚　$c = (1.5 \sim 2)H = (46)$______ mm;

凹模的总长 $A = (47)$ ________ mm，$B =$ ________ mm。

式中，K 为修正系数，其值可查凹模厚度修正系数表。

为了保证凹模结构对称并有足够的强度，将其长度增大到 163mm。凹模的宽度 $B = (48)$ ____________ mm。

此外，凹模用螺钉和销钉固定时，螺孔与销孔之间的距离、螺钉孔或销孔距凹模刃口边缘的距离、螺孔或销孔至凹模边缘之间的距离均不应过小，以防降低强度。一般螺孔与销孔之间、螺孔或销孔与凹模刃口之间的距离应大于 2 倍孔径值，其最小许用值可参考有关资料。

模架由上模座、下模座、导柱和导套 4 个部分组成，一般标准模架不包括模柄。模架是整副模具的骨架，它是连接冲模主要零件的载体，并承受冲压过程的全部载荷。上、下模间的精确位置，由导柱、导套的导向来实现。滑动导向模架的主要形式、特点及应用见表 2-6。

表 2-6　　滑动导向模架的主要形式、特点及应用

类别	形式	主要特点	应用场合
滑动导向模架	对角导柱	在凹模面积的对角线上，装有一个前导柱和一个后导柱。受力平衡，上模座在导柱上运动平稳	适用纵向和横向送料，使用面宽，常用于级进模和复合模
	后侧导柱	两导柱、导套分别装于上、下模座后侧，可用于冲压较宽条料。送料及操作方便。会因偏心载荷产生力矩，上模座在导柱上运动不够平稳	可纵向、横向送料。主要适用于一般精度要求的冲模，不适于大型模具
	中间导柱	在模架的左、右中心线上装有两个不同尺寸的导柱，具有导向精度高、上模座在导柱上运动平稳等特点	仅能纵向送料，常用于弯曲模和复合模
	四角导柱	模架的四个角上分别装有导柱。模架受力平衡，导向精度高	用于大型冲件、精度很高的冲模以及自动冲模

模架的选择应从 3 个方面入手：依据产品零件精度、模具工作零件配合精度高低确定模架精度；根据产品零件精度要求、形状、条料送料方向选择模架类型；根据凹模周界尺寸确定模架的大小规格。

本设计中模具采用后侧导柱模架，根据凹模计算结果，查附录 12《冲模滑动导向模架后侧导柱模架》（GB/T 2851—2008）标准，可以取模架规格为：上模座 200mm × 200mm × 45mm，下模座 200mm × 200mm × 50mm，导柱 32mm × 160mm，导套 32mm × 105mm × 43mm。

（2）其他零部件结构。

根据功能的不同，冲裁模零件可细分成工作零件、定位零件、卸料及出件零件、导向零件、固定零件、标准件六类，模具具体结构见表2-7。

表2-7 模具零件组成及功用

<table>
<tr><th colspan="3">零件种类</th><th>零件名称</th><th>零件作用</th></tr>
<tr><td rowspan="22">模具结构</td><td rowspan="13">工艺零件</td><td rowspan="3">工作零件</td><td>凸模、凹模</td><td rowspan="3">直接对零件进行加工，完成板料的分离</td></tr>
<tr><td>凸凹模</td></tr>
<tr><td>刃口镶块</td></tr>
<tr><td rowspan="5">定位零件</td><td>定位销</td><td rowspan="5">确定冲压加工中坯料在冲模中正确的位置</td></tr>
<tr><td>导料销、导正销</td></tr>
<tr><td>导料板、导料销</td></tr>
<tr><td>侧压板、承料板</td></tr>
<tr><td>侧刃</td></tr>
<tr><td rowspan="5">压料、卸料及出件零件</td><td>卸料版</td><td rowspan="5">使冲件与废料得以出模，保证顺利实现正常的冲压生产</td></tr>
<tr><td>压料板</td></tr>
<tr><td>顶件块</td></tr>
<tr><td>推件块</td></tr>
<tr><td>废料切刀</td></tr>
<tr><td rowspan="9">结构零件</td><td rowspan="3">导向零件</td><td>导柱</td><td rowspan="3">正确保证上下模之间的相对位置，以保证冲压精度</td></tr>
<tr><td>导套</td></tr>
<tr><td>导板</td></tr>
<tr><td rowspan="4">固定零件</td><td>上、下模座</td><td rowspan="4">承装模具零件或将模具紧固在压力机上</td></tr>
<tr><td>模柄</td></tr>
<tr><td>凸、凹模固定板</td></tr>
<tr><td>垫板</td></tr>
<tr><td rowspan="2">标准件及其他</td><td>螺钉、销钉</td><td rowspan="2">完成模具零件之间的相互连接</td></tr>
<tr><td>弹簧等其他零件</td></tr>
</table>

① 凸模固定板与凸模采用过渡配合关系，厚度取凹模厚度的 0.8 倍，即 20mm，平面尺寸与凹模外形尺寸相同。

② 卸料板的厚度与卸料力大小、模具结构等因素有关，刚性卸料装置，一般装于下模的凹模上。

特点：结构简单，卸料力大，卸料动作可靠。

应用：用于厚料、硬料以及工件精度要求不高的场合。

设计要点：卸料板孔与凸模之间的单边间隙一般为（0.1 ~ 0.5）t，卸料板一般采用 Q235 钢制造。

尺寸确定：一般情况下，卸料板的外形尺寸与凹模周界相同，卸料板的厚度可按经验确定，为（0.5 ~ 0.8）× 凹模高度，取其值为 14mm。

③ 导料板高度取 12mm，挡料销高度取 4mm。导料板选用 Q255 钢制造，导向面及上、下表面的表面粗糙度应达到 Ra1.6μm。

④ 该模具采用垫板，垫板厚度取 8mm。垫板的作用是直接承受和扩散凸模传递的压力，以降低模座所受的单位压力，防止模座被局部压陷。垫板材料为 45 钢，淬火硬度为 45 ~ 48HRC。垫板上、下表面应磨平，表面粗糙度为 Ra1.6 ~ 0.8μm，以保证平行度要求。

为了便于模具装配，垫板上销钉通过孔直径可比销钉直径增大 0.3 ~ 0.5mm。螺钉通过孔也类似。

⑤ 模具采用压入式模柄，根据设备的模柄孔尺寸，应选用规格为 A50 × 105 的模柄。

（3）凸模尺寸确定。

凸模的结构形式是整体式异形凸模，采用铆接式固定。凸模的长度尺寸确定要考虑凸模的修磨量及固定板与卸料板之间的安全距离等因素，三个凸模等长。

采用固定卸料板，凸模长度按图 2-9 确定，其中自由尺寸 h 取值范围是 10 ~ 20mm（包括凸模修模量及凸模进入凹模的深度 0.5 ~ 1.0mm），现取 15mm，则凸模长度为

$$L = h_1 + h_2 + h_3 + h = (49)\underline{\qquad\qquad}\text{mm}$$

式中：h_1——凸模固定板厚度，mm；

h_2——卸料板厚度，mm；

h_3——导料板厚度，mm；

h——自由尺寸，mm。

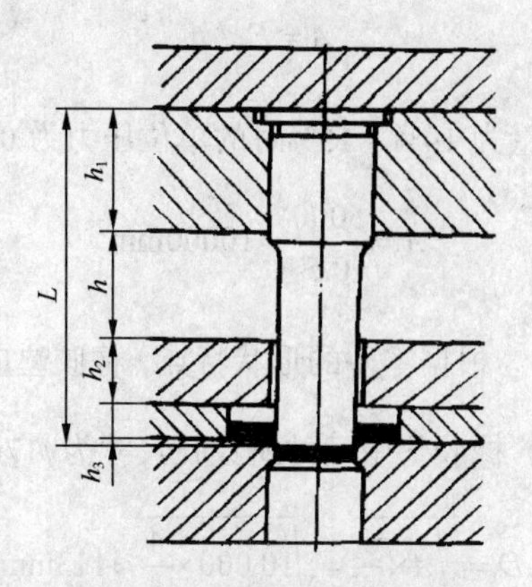

图 2-9　凸模长度计算

根据模具的尺寸，选用 M8 的螺钉和$\phi 8$ 的销钉。

2. 弯曲模主要零部件设计

（1）模座的设计。

根据工件的材料、形状和精度要求，弯曲模采用无导向非标准模架，只有下模座。下模座的轮廓尺寸为 255mm × 110mm，初定其底板厚度为 45mm。底板上部铸有一体的左右挡块，以平衡弯曲时的侧向力，两挡块的厚度为 45mm，高度与弯曲凹模高度相等。

（2）模柄。

模具采用槽型模柄与弯曲凸模之间相连组成上模，因模具选用的设备为 JH23—25，所以选用规格为 50 × 30 的槽型模柄。

（3）弹顶装置中弹性元件的计算。

由于该零件在成型过程中需压料和顶件，所以模具采用弹性顶件装置，弹性元件选用橡胶，其尺寸计算如下。

① 确定橡胶垫的自由高度 H_0

$$H_0 = (3.5 \sim 4)H_{\text{工}}$$

认为自由状态时，顶件板与凹模平齐，所以

$$H_{\text{工}} = r_A + h_0 + h = (8 + 5 + 25)\text{mm} = 38\text{mm}$$

由以上两个公式取 $H_0 = 140\text{mm}$ 。

② 确定橡胶垫的横截面积 A

$$A = F_D / p$$

查得圆筒形橡胶垫在预压量为 10% ~ 15%时的单位压力为 0.5MPa，所以

$$A = \frac{5000}{0.5} = 10000\text{mm}^2$$

③ 确定橡胶垫的平面尺寸。根据零件的形状特点，橡胶垫应为圆筒形，中间开有圆孔以避让螺杆。结合零件的具体尺寸，橡胶垫中间的避让孔尺寸为ϕ17mm，则其直径 D 为

$$D = \sqrt{A \times \frac{4}{\pi}} = \sqrt{10\,000 \times \frac{4}{\pi}} \approx 113\text{mm}$$

④ 校核橡胶垫的自由高度 H_0

$$\frac{H_0}{D} = \frac{140}{113} = 1.2$$

橡胶垫的高径比在 0.5 ~ 1.5 之间，所以选用的橡胶垫规格合理。橡胶的装模高度约为 $0.85 \times 140 = 120\text{mm}$。

（4）工作部分结构尺寸设计。

① 凸模圆角半径。在保证不小于最小弯曲半径值的前提下，当零件的相对圆角半径 r/t 较小时，凸模圆角半径取等于零件的弯曲半径，即 $r_T = r = 2\text{mm}$ 。

② 凹模圆角半径。凹模圆角半径不应过小，以免擦伤零件表面，影响冲模的寿命，凹模两边的圆角半径应一致，否则在弯曲时坯料会发生偏移。

根据材料厚度取 $r_A = (2 \sim 3)t = 2.5 \times 3\text{mm} \approx 8\text{mm}$ 。

③ 凹模深度。凹模深度过小，则坯料两端未受压部分太多，零件回弹大且不平直，影响其质量；深度过大，则浪费模具钢材，且需压力机有较大的工作行程。该零件为弯边高度不大且两边要求平直的 U 形弯曲件，凹模深度应大于零件的高度，且高出 5mm，如图 2-10 所示。查表 2-8，得凹模深度 $l = 15\text{mm}$，凹模圆角半径 $r_{凹} = 5\text{mm}$。

④ 凸、凹模间隙。根据 U 形件弯曲模凸、凹模单边间隙的计算公式得

$$c = (1.05 \sim 1.15)t = (50)\underline{\qquad\qquad}\text{mm}$$

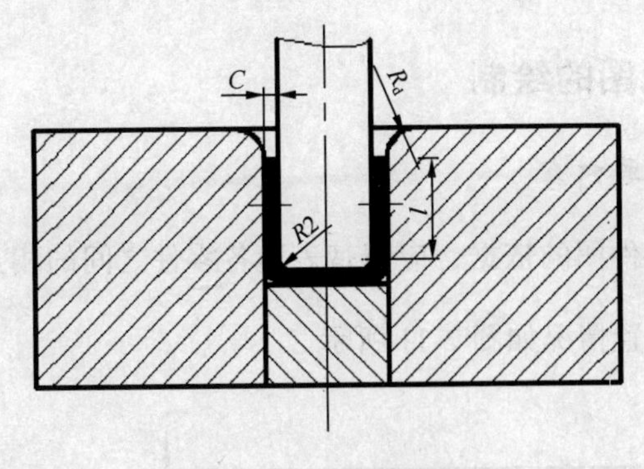

图 2-10　凹模结构图

⑤ U 形件弯曲凸、凹模横向尺寸及公差。零件标注内形尺寸时，应以凸模为基准，间隙取在凹模上。而凸、凹模的横向尺寸及公差则应根据零件的尺寸、公差、回弹情况以及模具磨损规律而定。弯曲凸、凹模制造公差采用 IT6～IT7 级，取 IT7 级。$19_{-0.5}^{\ 0}$ mm 是内形尺寸，属孔类尺寸，应取上差，在保证尺寸范围不变的情况下，可调整为 $18.5_{\ 0}^{+0.5}$ mm，故凸、凹模的横向尺寸分别为

$$L_p = (L + 0.75\Delta)_{-\delta_p}^{\ 0} = (51)\_\_\_\_\_\_\_\_\_\_\_\_\_\_\_\_ \text{mm}$$

$$L_d = (L_p + 2c)_{\ 0}^{+\delta_d} = (52)\_\_\_\_\_\_\_\_\_\_\_\_\_\_\_\_ \text{mm}$$

表 2-8　　凹模圆角半径与凹模深度的对应关系　　(单位：mm)

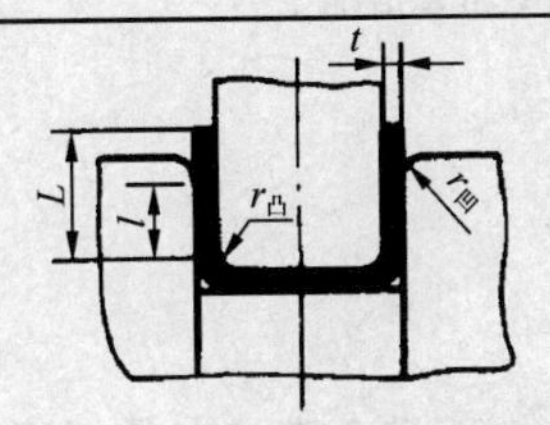

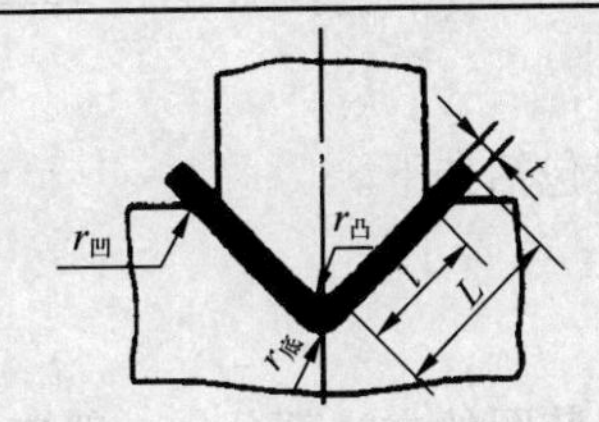

料厚 *t*	～0.5		0.5～2.0		2.0～4.0		4.0～7.0	
边长 *L*	*l*	$r_凹$	*l*	$r_凹$	*l*	$r_凹$	*l*	$r_凹$
10	6	3	10	3	10	4		
20	8	3	12	4	15	5	20	8
35	12	4	15	5	20	6	25	8
50	15	5	20	6	25	8	30	10
75	20	6	25	8	30	10	35	12
100			30	10	35	12	40	15
150			35	12	40	15	50	20
200			45	15	55	20	65	25

（六）模具总装配图的绘制

1. 模具总装图的主要内容

模具总装图是拆绘零件图的依据，应清楚表达各零件之间的相互装配关系及固定连接方式。模具总装图的一般布置情况如图 2-11 所示。

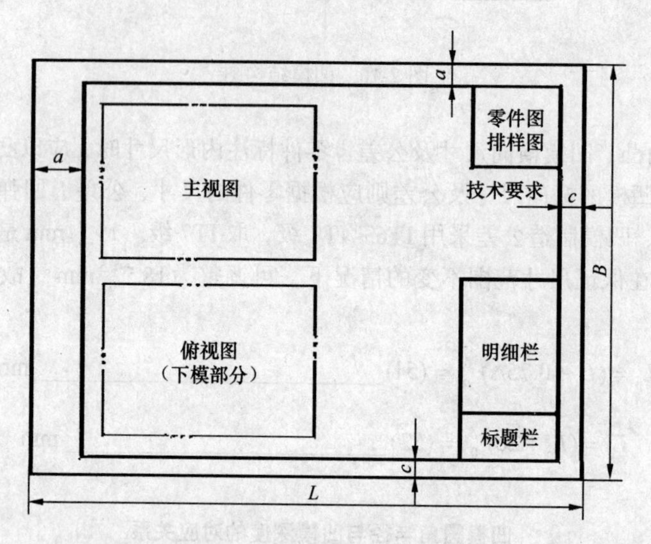

图 2-11　模具总装图布置情况

模具总装图一般包括如下。

（1）主视图。

主视图是模具总装图的主体部分，一般应画上、下模合模状态的剖视图。主视图中应标注模具闭合高度尺寸，条料和工件剖切面应涂黑，以使图面更清晰。

（2）俯视图。

俯视图是在假设去掉上模部分后画出的投影图，是俯视可见部分。有时为了了解模具的各零件之间位置关系，对未见部分用虚线表示。俯视图与主视图的中心线重合，并标注前后、左右平面轮廓尺寸。俯视图中的排样图轮廓线用双点画线表示。

（3）侧视图、局部视图和仰视图。

一般情况下不要求画出。只有当模具结构过于复杂，仅用主、俯视图难以表达清楚时，才有必要画出。

（4）零件图和排样图。

零件图是经模具冲裁后所得制件的图形。一般画在总图的右上角，零件图应严格按比例画出，零件图方向应与冲裁方向一致，同时要注明零件的名称、材料、厚度及有关技术要求。

对于落料模、含有落料的级进模和复合模，必须绘制排样图，一般也画在总装图的右上角。排样图的绘制方向应与操作时的送料方向一致，并注明料宽、步距、搭边和侧搭边。

（5）标题栏和明细栏。

标题栏和明细栏应放在总装图的右下角，总装图的所有零件（含标准件）都要详细地填写在明细栏中。标题栏和明细栏的格式各工厂也不尽相同。表 2-9、表 2-10 中的明细栏和标题栏格式仅供参考。

表 2-9　　冲压模具总装图的明细栏

21	销	4	35	GB/T 119.2—2000	8×70
20	凹模	1	T10A		58 ~ 62HRC
19	卸料板	1	45		
18	小凸模	2	T10A		58 ~ 60HRC
17	凸模固定板	1	45		
16	垫板	1	45		45 ~ 48HRC
15	销	4	35	GB/T 119.2—2000	8×70
14	防转销	1	35	GB199—86	6×12
13	模柄	1	Q235		
12	大凸模	1	T10A		
11	螺钉	4	45	GB/T 70.1—2000	M10×60
10	上模座	1	HT200	GB/T 2855.5	200×200×45
9	导正销	2	T10A		58 ~ 60HRC
8	销	4	35	GB/T 119.2—2000	8×30
7	导套	2		GB/T 2861.8	32×105×43
6	导料板	2		45	45 ~ 48HRC
5	挡料销	1	45		45 ~ 48HRC
4	螺钉	4	45	GB/T 70.1—2000	M8×25
3	导柱	2	20	GB/T 2861.1	32×160
2	螺钉	4	45	GB/T 70.1—2000	M10×60
1	下模座	1	HT200	GB/T 2855.6	200×200×50
序号	名　称	数量	材　料	标　准	备　注

表 2-10　　　　冲压模具总装图的标题栏

标记	处数	更改文件号	签名	年月日				
设计		标准化			阶段标记	数量	比例	
绘图								
审核					共　张　第　张			
工艺		批准						

（6）技术要求。

技术要求一般仅简要注明对模具的使用、装配等要求和应注意的事项，例如应保证凸模、凹模周边间隙均匀，冲压力大小、所选设备型号、模具标记、相关工具等。当模具有特殊要求时，应详细注明有关内容。

应当指出，模具总装图中的内容并非一成不变，在实际设计中可根据具体情况，允许做出相应的增减。

冲压模具的常用技术要求如下（括号内内容应按实际计算值变化）。

① 各模板装配前去除工作零件的工作部分外所有棱边。

② 模具装配后卸料板高出凸模 1mm。

③ 模具装配后顶件板高出凹模 2mm，模具闭合后凸模进入凹模 1.2mm。

④ 模具装配后保证凸模与凹模之间的冲裁间隙为（0.072mm）且均匀。

⑤ 模具安装在（JB23—63）冲床上，该冲床的主要参数为：公称压力 63kN，最大封闭高度 170mm，封闭高度调节量 40mm，工作台尺寸（左右 × 前后）315mm × 200mm，模柄孔尺寸 $\phi30 \times 50$。

⑥ 模具涂绿色防锈漆。

2. 绘制冲孔落料连续模装配图

有了上述各步计算所得的数据及确定的工艺方案，便可以对模具进行总体设计并画出冲孔落料级进模装配图如图 2-12 所示。

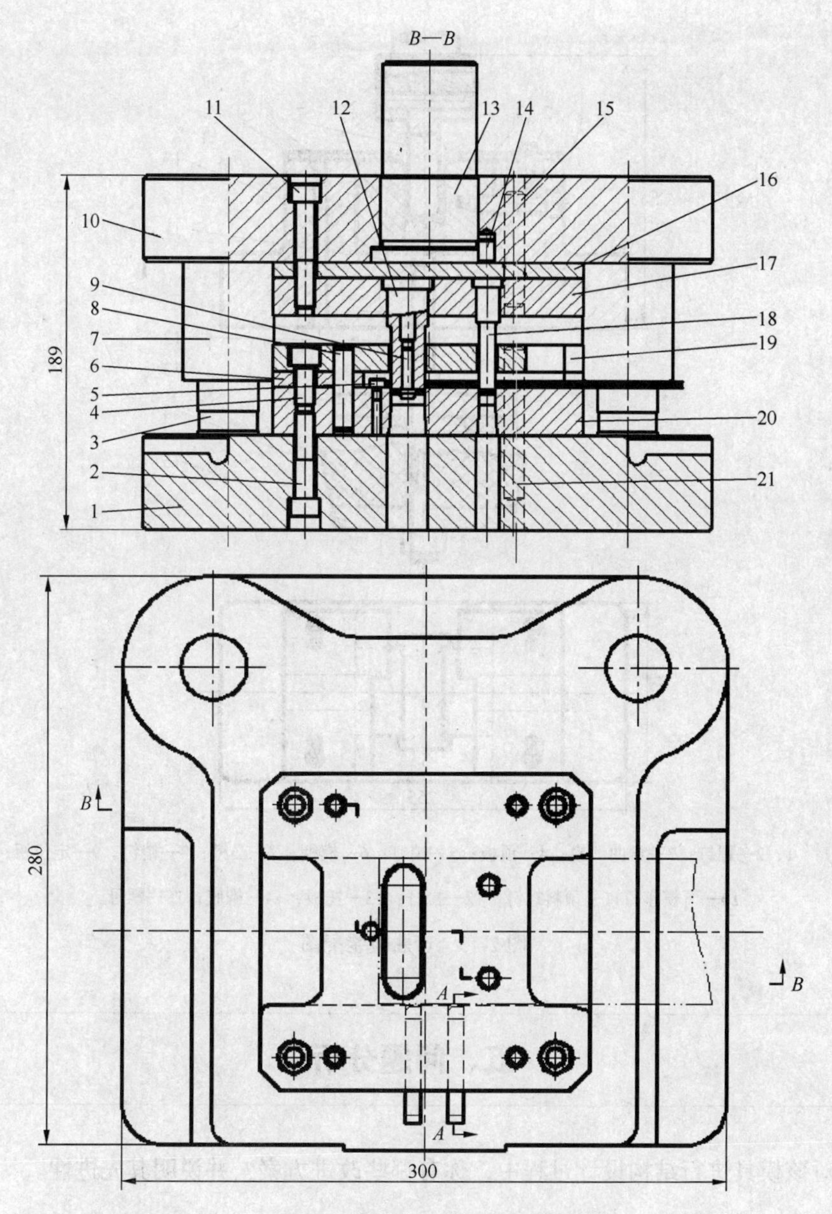

1—下模座；2、4、11—螺钉；3—导柱；5—挡料销；6—导料板；7—导套；

8、15、21—销钉；9—导正销；10—上模座；12—落料凸模；13—模柄；

14—防转销；16—垫板；17—凸模固定板。

图 2-12　冲孔落料级进模装配图

模具闭合高度 $H_{模} = 45 + 8 + 20 + 15 + 14 + 12 + 25 + 50 = 189\text{mm}$。

3. 绘制弯曲模具装配图

由上述计算所得的数据，对弯曲模具进行总体设计，并画出装配图如图 2-13 所示。

模具闭合高度 $H_{模} = 40 + 20 + 4 + 103 = 167\text{mm}$。

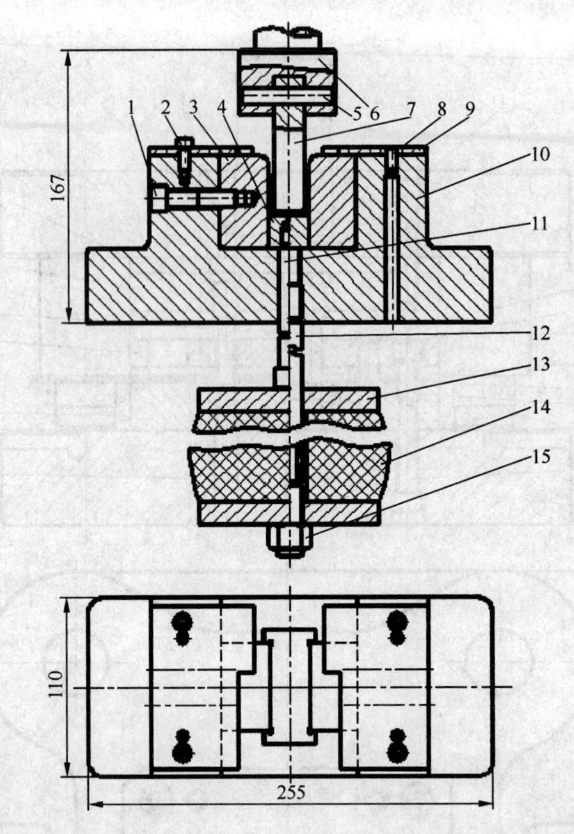

1、2—螺钉；3—弯曲凹模；4—顶板；5—销钉；6—模柄；7—凸模；8—销钉；9—定位板；

10—下模座；11—顶料螺钉；12—拉杆；13—托板；14—橡胶；15—螺母。

图 2-13　弯曲模装配图

五、问题分析

1. 在对该模具进行结构设计过程中，你有哪些改进方案？并说明其先进性。

2. 学习查阅有关模具标准，并指出模具标准化的重要意义。

六、成绩的评定

最终成绩根据表现、图面质量、说明书的准确性以及答辩成绩综合评定。其中平时表现占40%，图面质量占40%，简要答辩成绩占20%。具体评分见表2-11。

表2-11　　平时成绩与图面质量评分表（共80分）

序号	设计内容		配分	备注
1	产品进行工艺性分析，确定合理工艺方案		5	工艺不合理扣3～5分
2	完成相关工艺计算	刃口尺寸计算	5	教师根据学生的计算情况逐条打分，没有计算或选用的不得分，计算错误的酌情扣分
		排样计算	4	
		冲压力计算	5	
		压力中心计算	4	
3	完成模具零部件的设计计算	凸、凹模结构形式的确定与计算	4	教师根据学生的计算与选用情况逐条打分，没有计算或选用的不得分，计算与选用错误的酌情扣分
		定位零件的选用与计算	5	
		卸料装置的选用	4	
		标准件的选用	4	
4	绘制冲裁模具总装配图		15	视图面质量打分，纠正图纸的模具结构和绘图与设计细节错误
5	绘制教师指定的冲裁模具零件图		15	零件图视零件图尺寸、公差及粗糙度的标注等打分
6	填写设计说明书		10	查看说明书计算内容是否完整正确，可酌情打分

第3章 注塑模具拆装实验

一、实验目的和要求

1. 实验目的

通过对注塑模具的拆卸和装配，培养学生的动手能力、分析问题和解决问题的能力，使学生能够综合运用已学知识和技能；对注塑模具典型结构及零部件装配有全面的认识。

2. 实验要求

掌握典型注塑模具的工作原理、结构组成、模具零部件的作用和装配关系；能正确地使用模具装配常用的工具和辅具；能正确地绘制模具结构图、部件图和零件图；掌握模具拆装一般步骤和方法。

二、注意事项

（1）拆卸模具前，首先清点拆装工具，包括 M6、M8、M10 内六角扳手、垫铁、橡皮锤、紫铜棒、撬杠等。

（2）在拆装过程中，要按钳工的基本方法操作，切忌损坏模具零件，对本实训中指出不能拆卸的部位，不能强行拆卸。应仔细观察模具，弄清楚模具零部件的相互装配关系和紧固方法。要记住各零件在模具中的位置及连接方法，并把各零件按一定位置摆放。

（3）注意模具的维修与保养。实验结束后按工具清单清点工具，将工具摆放整齐，交指导教师验收。

三、实验任务

将学生分组，每组 5 ~ 6 人，每组拆装一套模具。

1. 拆装的模具类型

共 4 套，类型包括：推板式单分型面注塑模 2 套、推杆式单分型面注塑模 1 套、斜导柱瓣合式单分型面注塑模 1 套。

2. 实验准备

（1）小组人员的分工与协作。2 人负责拆卸模具，1 人负责记录，2 人负责绘制模具总装草图。

（2）熟悉实验要求。要求复习有关理论知识，详细阅读本实训，明确实验要求，对实训中提出的问题在实验中进行分析并做详细的记录，做拆装实验时带笔和纸张。

（3）绘制模具总装配草图 1 张（A3 幅面，上交），要求零件草图应按目测徒手绘出，但内容要完整，投影关系正确；字体工整、图面整洁、图线分明、图样画法符合机械制图国家标准。

四、拆装步骤

示例一：推板式单分型面注塑模拆装步骤

1. 拆卸步骤

（1）拆卸前模具如图 3-1 所示。

（2）用紫铜棒敲击定模板，将动模、定模沿导柱和导套从分型面处分开（见图 3-2）。拆卸时用力要均匀适当，勿使动、定模板平面发生偏斜。

（3）拆卸动模部分。拆卸前动模如图 3-3 所示，松动内六角螺钉拆卸动模座板，取下支承板紧固螺钉；拆下推出机构，按顺序摆放（见图 3-4）。

图 3-1　拆装前模具

图 3-2　拆开的动模、定模

图 3-3　拆卸前动模

（4）拆卸型芯固定板和动模垫板。拆卸前如图 3-5、图 3-6 所示。拆卸后的凸模固定板和推件板如图 3-7 所示。

图 3-4　拆卸后动模

图 3-5　拆卸前反面

图 3-6　拆卸前正面

图 3-7　拆卸后的凸模固定板和推件板

（5）卸下 6 个小型芯紧固螺钉，卸下 1 个拉料杆紧固螺钉，取下小型芯和拉料杆；卸下 4 个导柱（见图 3-8）。

推件板与镶嵌件是压入式装配，故不要卸开。

图 3-8　凸模固定板、凸模、拉料杆、导柱和紧固螺钉

（6）拆卸定模。拆卸前定模如图 3-9 所示，松开 4 个定模座板紧固螺钉，取下定模板（见图 3-10）。

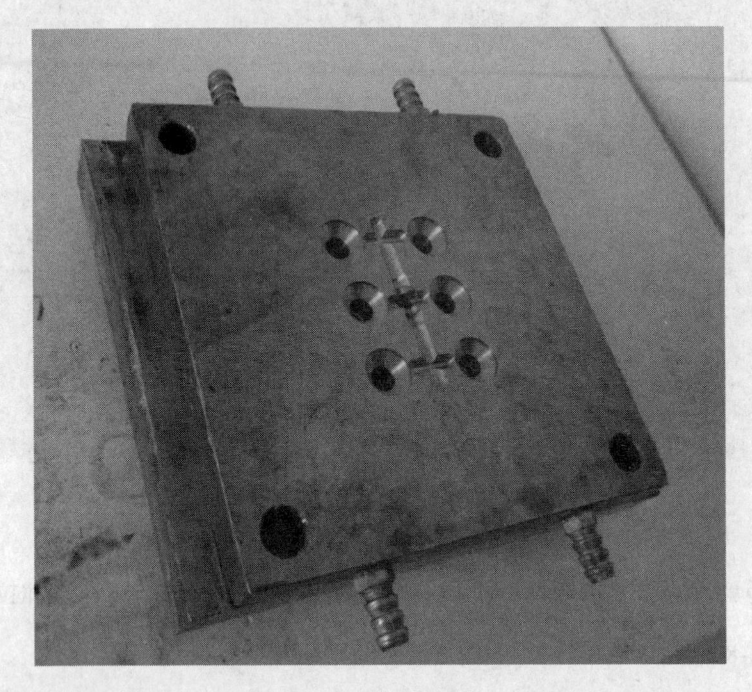

图 3-9　拆卸前定模

（7）卸下定模座板上的定位圈和浇口套拆卸前定模座板如图 3-11 所示，拆卸后定模座板如图 3-12 所示。

图 3-10　凸模固定板

图 3-11　拆卸前定模座板

图 3-12　拆卸后定模座板

（8）将拆卸下来的所有零件有序摆放（见图 3-13）。

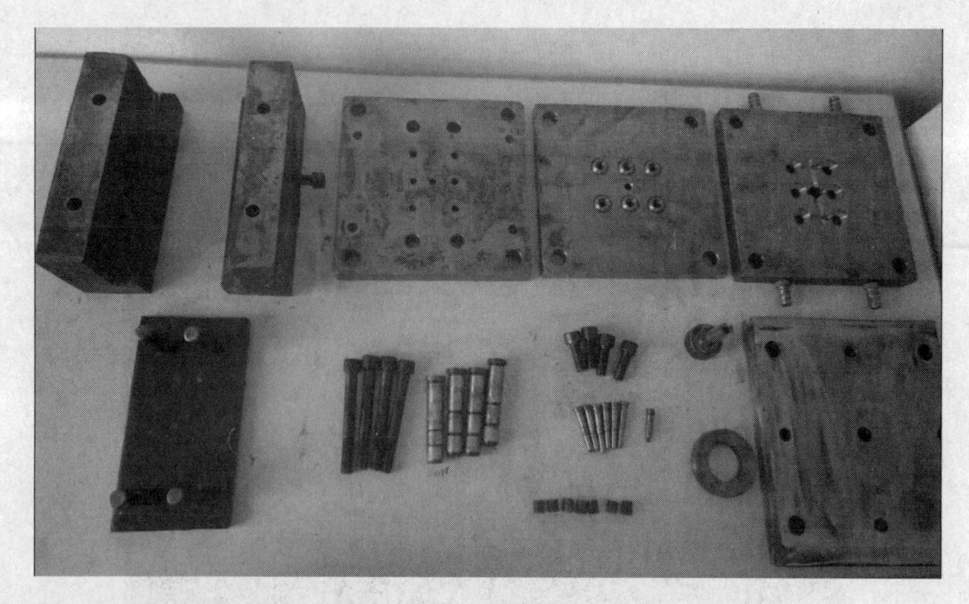

图 3-13　拆卸后的全部零件

2．装配步骤

装配注塑模具与拆卸的次序正好相反，即先拆的零部件后装，后拆的零部件先装，由里至外。

示例二：推杆式单分型面注塑模拆装步骤

1．拆卸步骤

（1）拆卸前模具如图 3-14 所示。

图 3-14　拆装前的模具

（2）用紫铜棒敲击定模座板，将动模、定模沿导柱和导套从分型面处分开（见图 3-15），拆卸时用力要均匀适当，勿使动、定模板平面发生偏斜。

图 3-15　拆开的动模和定模

（3）拆卸动模部分如图 3-16 所示。松开动模座板上的 4 个紧固螺钉，卸下动模座板和支承板（见图 3-17）。

图 3-16　拆卸前动模底面

（4）松开动模推出机构上的 4 个推板紧固螺钉，卸下推板（见图 3-18）。

（5）取下 8 个推杆和 1 个拉料杆（见图 3-19）。

图 3-17　拆卸中的动模

图 3-18　卸下推板

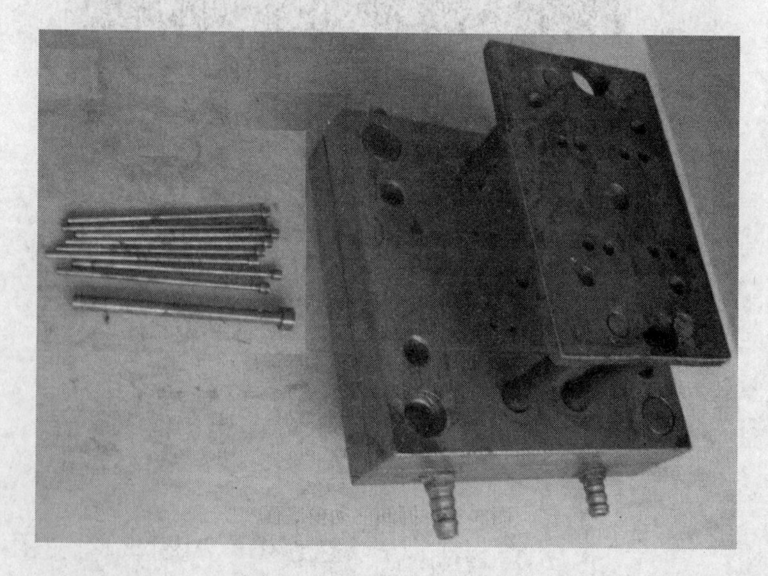

图 3-19　取下推杆和拉料杆

（6）取下推杆固定板和推杆（见图 3-20）。

图 3-20　取下推杆和推杆固定板

推杆与推杆固定板是铆接式装配，故不要将推杆与推杆固定板卸开。

（7）用紫铜棒均匀用力敲打各导柱（拆卸前见图 3-21），从型芯固定板卸下动模垫板（见图 3-22）。

图 3-21　拆卸前

图 3-22　拆卸后

（8）用紫铜棒均匀用力敲打各导柱，从动模垫板上卸下导柱（见图 3-23）。

图 3-23　导柱和动模垫板

型芯与型芯固定板是压入式装配，故不要将型芯与型芯固定板卸开。

（9）开始拆卸定模部分（见图 3-24）。松开定模座板上的 4 个连接螺钉，取下 4 个型芯压紧弹簧和4个小型芯（见图3-25）。

图3-24 拆卸前定模

（10）将拆卸下来的所有零件有序摆放（见图3-26）。

2. 装配步骤

装配注塑模具与拆卸的次序正好相反，即先拆的零部件后装，后拆的零部件先装，由里至外。

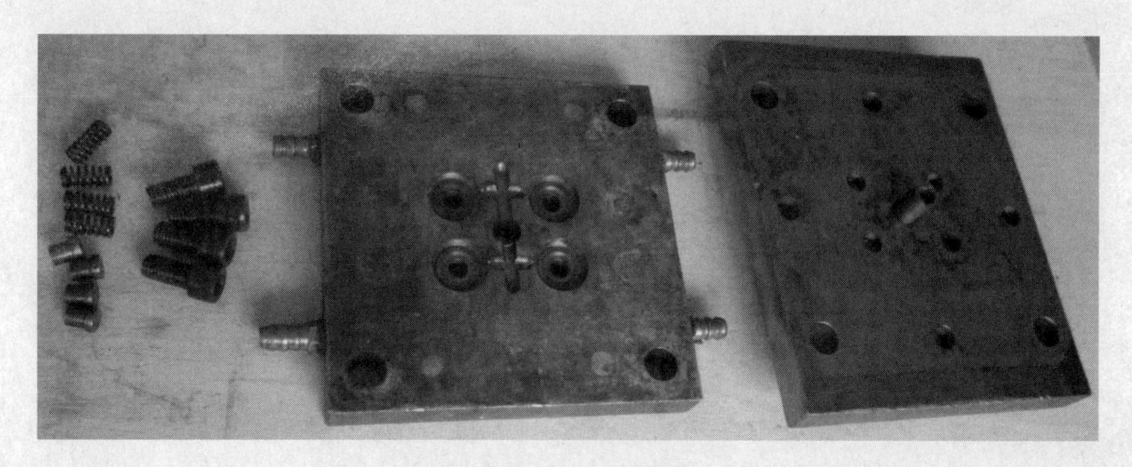

图3-25 拆卸后定模零件

图 3-26　拆卸后的全部零件

五、问题分析

1. 通过观察模具结构和分析零件形状，你对所拆装的模具结构提出了哪些改进方案？

2. 请正确描述出该模具的工作过程。

六、成绩评定

表 3-1 成绩评定项目及得分情况

评价项目	分数	得分
运用所学知识和技能的能力	20	
任务完成情况	20	
学习态度	10	
图样质量	30	
出勤情况	20	
综合成绩		

注：得 90 分以上者成绩为“优”，得 80～89 分者成绩为“良”，得 70～79 分者成绩为“中”，得 60～69 分者成绩为“及格”，得 60 分以下者成绩为“不及格”。

一、实验目的和要求

注塑模具设计实验是在完成注塑模具理论教学之后进行的一次综合训练，其目的在于：

（1）使学生熟悉注塑模的基本结构；

（2）掌握注塑模具工作尺寸的计算方法；

（3）掌握注塑模具设计的过程与步骤，在设计过程中提高学生分析问题、解决问题的能力；

（4）熟练掌握Pro/E软件进行模具零件的三维建模、组件装配和工程图创建的步骤和方法，提高设计质量和效率。

二、注意事项

（1）认真分析指导书中的设计步骤和设计方法。

（2）总体设计时要求只考虑结构组成，不要求具体尺寸。

三、设计任务

1. 要求完成的主要内容

（1）利用Pro/E软件进行模具各零部件的三维造型设计。

（2）将所有模具三维零件进行总体装配，分析干涉部位，从而检验零件设计的合理性（打印模具总装配图1张；缩放至A4幅面，上交）。

（3）检验合格后，直接生成Pro/E二维工程图，再转换到AutoCAD中进行修改，最终完成模具各零部件的二维图纸（打印模具各零件二维总图1张；缩放至A4幅面，上交）。

（4）同时上交电子版全套二维和三维模具图。要求按照1∶1绘制。

2. 要求

（1）图面整洁、布局合理完整、图样画法符合机械制图国家标准。

（2）尺寸标注正确、完整、基本合理、字体工整。

（3）图纸内容完整，投影关系正确。

（4）完整细致地填写标题栏和明细表。

（5）编写技术要求，其中形位公差、表面粗糙度、材料、热处理等可参照同类型的生产图样或有关手册进行类比确定。

四、设计步骤

题目：如图4-1所示的塑料碗，材料为聚丙烯PP，壁厚3mm，批量生产，试进行该塑料碗注塑模具的总体结构设计。

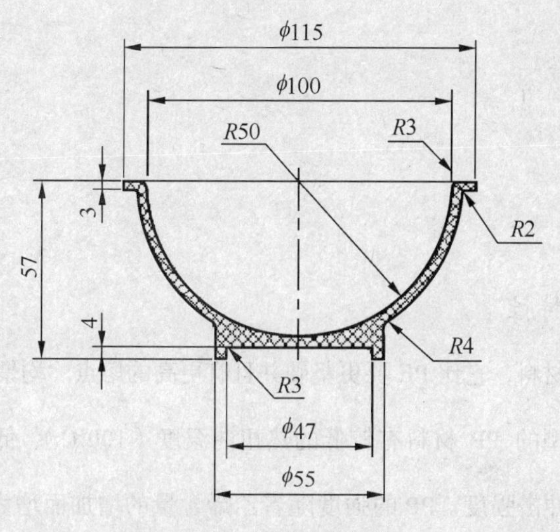

图4-1　塑料碗零件图

图 4-2　塑料碗三维图

（一）塑料件工艺性设计

1. 注塑模工艺

注塑机类型：螺杆式

料筒后段：160 ~ 180℃

料筒中段：180 ~ 200℃

料筒前段：200 ~ 220℃

模具温度：80 ~ 90℃

注塑压力：70 ~ 100MPa

注塑时间：20 ~ 60s

保压时间：3 ~ 5s

冷却时间：20 ~ 90s

总周期：50 ~ 160s

螺杆转速：48r/min

2. 聚丙烯 pp 的特性

PP 是一种半结晶性材料，它比 PE 要更坚硬并且有更高的熔点。均聚物型的 PP 温度高于 0℃以上时非常脆，共聚物型的 PP 材料有较低的热扭曲温度（100℃）、低透明度、低光泽度、低刚性，但是有更强的抗冲击强度。PP 的强度随着乙烯含量的增加而增大。由于结晶度较高，这种材料的表面刚度和抗划痕特性很好。PP 不存在环境应力开裂问题。通常，采用加入玻璃纤维、金属添加剂或热塑橡胶的方法对PP进行改性。PP的流动率MFR范围是1～40。低MFR的PP材料抗冲击特性较好但延展强度较低。由于结晶，PP的收缩率相当高，一般为1.8%～2.5%，并且收缩率的方向均匀性比PE-HD等材料要好得多。加入30%的玻璃添加剂可以使收缩率降到0.7%。均聚物型和共聚物型的PP材料都具有优良的抗吸湿性、抗酸碱腐蚀性、抗溶解性。PP也不像PE那样在高温下仍具有抗氧化性。

3. 塑件的尺寸、公差及表面质量

图4-1中零件没有公差值，我们按未注公差计算，聚丙烯pp（无机填料填充）塑料，未注尺寸公差应取MT5，查附录8，得该零件各尺寸的公差如下。

外形尺寸：(53)_____mm，(54)_____mm，(55)_____mm，(56)_____mm。

内腔尺寸：(57)_____mm，(58)_____mm，(59)_____mm，(60)_____mm。

塑件的表面质量包括塑件缺陷、表面光泽性与表面粗糙度，其与模塑成型工艺、塑料的品种、模具成型零件的表面粗糙度、模具的磨损程度等相关。

模具型腔的表面粗糙度通常应比塑件对应部位的表面粗糙度在数值上要低1～2级。

（二）注塑成型机的选择

使用Pro/E软件绘制零件三维图（见图4-2），利用工具中的查询功能可知该零件

$V_{塑}$=(61)______cm³，$V_{公}$=(62)______cm³。

制品的正面投影面积S=(63)______cm²。

注塑机选择XS-ZY-500型号的卧式注塑机。查常用注塑机规格及性能表，可知该注塑机的注塑压力为(64)______MPa，合模力为(65) ______kN，最大开合模行程为(66) ______mm，喷嘴球头半径为(67) ______mm，注塑方式为螺杆式。

模具厚度与注塑机闭合高度必须满足式（4-1）及式（4-2）的关系。

$$H_{小} \leqslant H \leqslant H_{大} \tag{4-1}$$

$$H_{大} = H_{小} + S \tag{4-2}$$

式中：H——模具高度，mm；

$H_{小}$——机床最小闭合高度，mm；

$H_{大}$——机床最大闭合高度，mm；

S——螺杆可调长度。

（三）型腔布局与分型面设计

1. 型腔数目的确定

型腔数目的确定，应根据塑件的几何形状及尺寸、质量、批量大小、交货期长短、注塑能力、模具成本等要求综合考虑。

根据注塑机的额定锁模力 F 的要求确定型腔数目 n，即

$$F_{涨} = P(nA + A_1) < F_p$$

推导出

$$n < \frac{F_p - PA_1}{PA}$$

式中：F_p——注塑机额定锁模力，N；

P——型腔内塑料熔体的平均压力，MPa；

A_1、A——浇注系统和单个塑件在模具分型面上的投影面积，mm^2。

大多数小型件常用多型腔注塑模，高精度塑件的型腔数原则上不超过 4 个，生产中如果交货时间允许，我们根据上述公式估算，采用一模二腔。

2. 型腔的布局

考虑到模具成型零件、抽芯结构以及出模方式的设计，模具的型腔排列方式如图 4-3 所示。

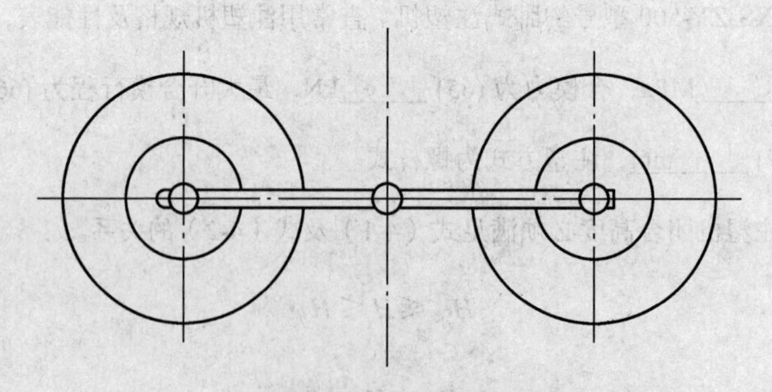

图 4-3 型腔布置方式

3. 分型面的设计

分型面位置选择的总体原则：能保证塑件的质量、便于塑件脱模及简化模具的结构，因此

在选择分型面时应综合分析比较，具体可从以下几方面进行选择。塑料碗的分型面位置如图 4-4 所示。

（1）分型面应选在塑件外形最大轮廓处。

（2）便于塑件顺利脱模，尽量使塑件开模时留在动模一边。

（3）保证塑件的精度要求。

（4）满足塑件的外观质量要求。

（5）便于模具加工制造。

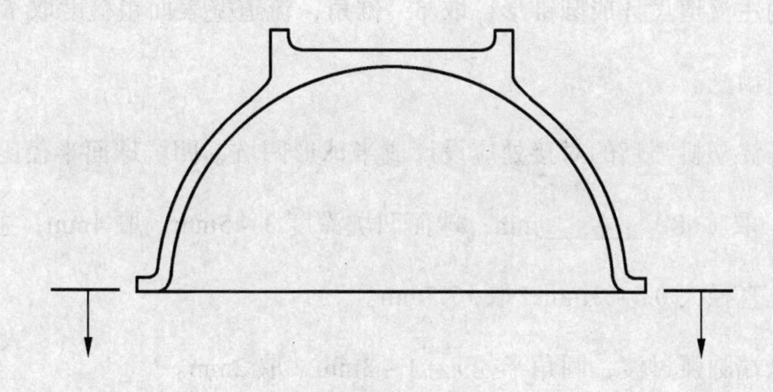

图 4-4 分型面位置

（四）浇注系统设计

浇注系统由主流道、分流道、浇口及冷料穴组成。

浇注系统的功能，就是将经过注塑机喷嘴注塑出来的熔融塑料，在高温、高压、高速状态下引入模具型腔。

在设计浇注系统时，应该考虑到模具在注塑时是否能适应全自动操作。要达到全自动操作，必须保证在开模时，制品与浇注系统能自动脱落，浇口与制品也要尽可能自动分离。另外，在设计浇注系统时，各个部位应留有一定的修模余量，这样在使用时即使有些不足之处，也可以比较方便地得到修整。

1. 主流道设计

主流道一端与注塑机喷嘴相接触，可看做是喷嘴的通道在模具中的延续，另一端与分流道相连，是一段带有锥度的流动通道。主流道衬套形状结构如图 4-5 所示，其设计内容如下。

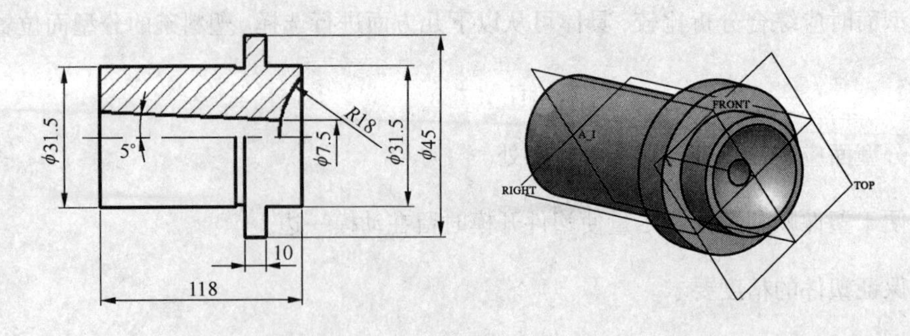

图 4-5　主流道衬套形状

（1）主流道内主流道设计成圆锥形，取 5° 锥角，流道壁表面粗糙度取 Ra=0.63μm，且加工时应沿流道轴向抛光。

（2）主流道与注塑机喷嘴的对接处应设计成半球形凹坑，凹坑球面半径比注塑机喷嘴球半径 R_1 大 1 ~ 2mm，取（68）_______mm；球面凹坑深度 3 ~ 5mm，取 4mm；主流道入口直径 d 比注塑机的喷嘴孔直径大 0.5 ~ 1mm；取ϕ7.5mm。

（3）主流道末端圆弧过渡，圆角半径 r = 1 ~ 3mm，取 2mm。

（4）主流道长度以小于 60mm 为佳，最长不宜超过 95mm，取 46mm。

（5）主流道常开设在可拆卸的主流道衬套上；其材料选用碳素工具钢 T8A，热处理淬火后硬度 53 ~ 57HRC。

（6）主流道进口处的位置应尽量与模具中心重合。

2. 主流道衬套的固定

主流道衬套用定位圈固定在模具的面板上，定位圈是标准件，外径为ϕ150mm，内径ϕ31.5mm。衬套与定模板采用 H7/m6 配合。具体固定形式如图 4-6 所示。

3. 分流道的设计

（1）分流道是连接主流道和浇口的进料通道，起分流和换向作用。

为了便于加工及凝料脱模，分流道大多设置在分型面上。分流道截面形状一般为圆形、梯形、U 形、半圆形、矩形等，工程设计中常采用梯形截面，其优点是加工工艺性好，且塑料熔体的热量散失流动阻力均不大。一般采用教材中的经验公式可确定其截面尺寸

$$D = 4 \sim 12\text{mm}$$

$$H=\frac{2}{3}D=8\text{mm}$$

式中：D——梯形大底边的宽度，mm；

H——梯形的高度，mm。

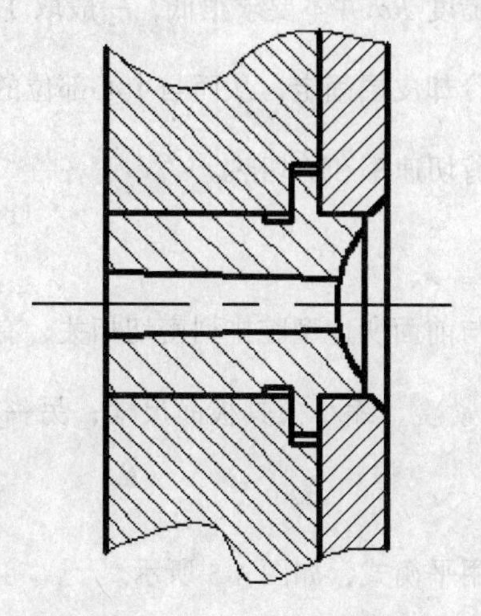

图 4-6　主流道衬套的固定形式

该塑料碗质量大约 58.5g，分流道的长度预计设计成 190mm 长，且有 2 个型腔。

根据实践经验，PP 塑料分流道截面直径为 4.8 ~ 9.5mm，故可以选择截面直径为 9.5mm，$H=6.3$mm。

梯形底边宽度取 8mm，其侧边与垂直于分型面的方向一般为 5° ~ 10°，取 7°。另外由于使用了水口板（即我们所说的定模板和中间板之间再加的一块板），分流道必须做成梯形截面，便于分流道和主流道凝料脱模，形状和尺寸如图 4-7 所示。

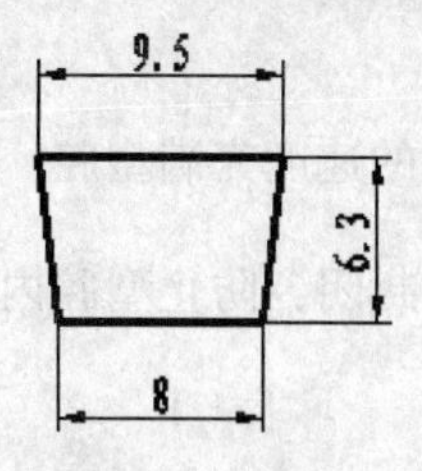

图 4-7　分流道形式

（2）分流道长度。

分流道要尽可能短，且减少弯折，便于注塑成型过程中最经济地使用原料和注塑机的能耗，减少压力损失和热量损失。

现将分流道设计成直的，总长 190mm。

（3）分流道表面粗糙度。

由于分流道中与模具接触的外层塑料迅速冷却，只有中心部位的塑料熔体的流动状态较为理想，因而分流道的内表面粗糙度 Ra 并不要求很低，一般取 1.6μm 左右即可，这样表面稍不光滑，有助于塑料熔体的外层冷却皮层固定，从而与中心部位的熔体之间产生一定的速度差，以保证熔体流动时具有适宜的剪切速率和剪切热。

（4）分流道的布置方式。

分流道在分型面上的布置与前面所述型腔排列密切相关，有多种不同的布置形式，但应遵循两方面原则：一方面应排列紧凑、缩小模具板面尺寸；另一方面流程尽量短、锁模力力求平衡。

本模具的流道布置形式采用平衡式，如图 4-3 所示。

4. 浇口的设计

浇口是连接分流道与型腔的通道，除直接浇口外，它是浇注系统中截面积最小且长度最短的部分，因为只有这样才能满足增大料流速度、快速冷却封闭、便于与塑件分离、浇口残痕最小等要求。

浇口是浇注系统的关键部分，其位置、形状及尺寸对制件性能和质量的影响很大。塑料制品质量的缺陷，如缺料、缩孔、拼缝线、质脆、分解、白斑、翘曲等，往往都是由于浇口设计不合理而造成的。

（1）浇口的基本作用。

① 使从流道来的熔融塑料以最快的速度充满型腔。

② 型腔充满后，浇口能迅速冷却封闭，防止型腔内还未冷却的热料回流。

（2）浇口的选用。

浇口的类型很多，根据模具浇注系统在塑料制品上开设的位置、形状不同，选择不同形式的浇口。这里我们采用点浇口，点浇口特点如下。

① 点浇口在成型后自动切断，故有利于自动成型。

② 点浇口的痕迹不明显，通常不必后加工。

③ 点浇口的压力损失大，必须较高的射出压力。

④ 点浇口部分易被固化之残留树脂堵住。

点浇口常用于成型中、小型塑料件的一模多腔的模具中，也可用于单型腔模具或表面不允许有较大痕迹的制件。

（3）浇口位置的选用。

模具设计时，浇口的位置及尺寸要求比较严格，初步试模后还需进一步修改浇口尺寸，无论采用何种浇口，其开设位置对塑件成型性能及质量影响很大，因此合理选择浇口的开设位置是提高质量的重要环节，同时浇口位置的不同还影响模具结构。

浇口位置的选择。通常要考虑以下几项原则。

① 尽量缩短流动距离。有利于减少压力损失。

② 浇口应开设在塑件壁厚最大处。能使熔融的塑料从塑料制品厚断面流向薄断面，满足顺序凝固的原则，并保证塑料充模完全。

③ 必须尽量减少熔接痕。特别是圆环或筒形塑料制品，应在浇口对面的熔料结合处开设溢流槽。

④ 应有利于型腔中气体排出。

⑤ 要考虑分子定向影响。对于薄壁制件，由于点浇口附近的剪切速率过高，会造成分子的高度定向，增加局部应力甚至开裂，为改善这一状况，在不影响使用的情况下，可以增加浇口对面部位的壁厚。

⑥ 避免产生喷射和蠕动现象。不应使熔融塑料直接进入型腔，否则会产生漩流，在塑料制品上留下螺旋形痕迹，特别是点浇口、侧浇口等，更容易出现这种现象。

⑦ 浇口处避免弯曲和受冲击载荷。

⑧ 应尽量不影响塑料制品外观。应将浇口开设在塑料制品边缘或底部等部位。

⑨ 有细长型芯的注塑模具，浇口位置应当远离型芯，以防止熔融料流的冲击造成型芯变形、错位和折断。

⑩ 对大型或扁平塑料制品，为了防止制品翘曲、变形和缺料，可采用多点浇口。

⑪ 浇口尺寸大小，应取决于塑料制品的尺寸、几何形状、结构和塑料的性能。

本产品浇口位置选择在碗的底部中间（见图 4-8）。在这个位置，塑料充模流程最短，压力损失较小，有利于排除型腔中的气体，而且不影响制件的外观。

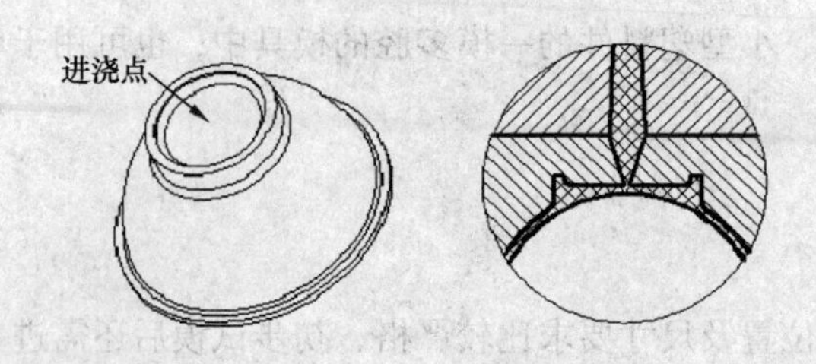

图 4-8　浇口位置

（4）浇注系统的平衡。

对于中小型制件的注塑模具已广泛使用一模多腔的形式，设计应尽量保证所有的型腔同时得到均匀的充填和成型。一般在制件形状及模具结构允许的情况下，应将从主流道到各个型腔的分流道设计成长度相等、形状及截面尺寸相同（型腔布局为平衡式）的形式，否则就需要通过调节浇口尺寸使各浇口的流量及成型工艺条件达到一致，这就是浇注系统的平衡。显然，我们设计的模具是平衡式的，即从主流道到各个型腔的分流道的长度相等，形状及截面尺寸都相同。

（5）排气方案的设计。

模具型腔在熔融塑料填充过程中，除了型腔内有空气外，还有塑料受热而产生的气体，尤其是在高速注塑成型和热固性注塑成型时，考虑排气是很必要的。一般是在塑料填充的同时必须把空气排出模外，如果不能顺利地排出空气，被压缩的空气产生高温燃烧，使塑料焦化，或使熔接线处强度减低以及不能成形，其次是在开模时造成型腔及型芯贴紧塑件在脱模时成为真空而使制件破裂等。

那么，模腔的排气怎样才算充分呢？一般而言，若以最高的注塑速率注塑熔料，在制品上却未留下焦斑，就可以认为模腔内的排气是充分的。

适当开设排气槽可以大大降低注塑压力和注塑时间。排气槽的位置设计原则如下。

① 根据进料口的位置考虑开设在型腔最后被充满的部位，通常需通过试模以后才能确定下来。塑料在型腔的填充情况和模具浇注系统关系很大，所以在设计浇注系统时，要考虑排气、排料是否方便。

② 对于成型一些料流速度较小的塑件时,在大多数场合下可利用模具的分型面及活动零件的配合间隙排气，可不必另开排气槽。

③ 对较大型模具为了防止溢料，排气槽宜采用曲线形。

④ 排气槽应开设在型腔一面，便于制造。必要时，可多开几条排气槽来减少气阻。

本设计中，我们采用模具零部件的配合间隙及分型面自然排气。

（6）总体设计方案的确定。

共设计了两套方案，一套是点浇口单型腔三板式，另一套是潜伏式浇口单型腔三板式。选择第一套模具，是由于采用点浇口单型腔三板式，点浇口比潜伏式浇口容易设计，尽管使用潜伏式浇口可以不影响塑件的美观，但是在本设计中，由于设计的是塑料餐碗，使用点浇口也同样不影响其美观,同时使用点浇口还便于设计和加工,节省开模所用费用,所以选择的方案是 点浇口单型腔三板式模具。

（五）成型零件的设计

模具中决定制件几何形状和尺寸的零件称为成型零件，包括凹模、型芯、镶块、成型杆、成型环等。成型零件工作时，直接与塑料接触，由于塑料熔体的高压、料流的冲刷，脱模时与塑件间还发生摩擦。因此，成型零件要求有正确的几何形状。较高的尺寸精度和较低的表面粗糙度，此外，成型零件还要求结构合理，有较高的强度、刚度及较好的耐磨性能。

设计成型零件时，应根据塑料的特性和塑件的结构及使用要求，确定型腔的总体结构，选择分型面和浇口位置，确定脱模方式、排气部位等，然后根据成型零件的加工、热处理、装配等要求进行成型零件结构设计，计算成型零件的工作尺寸，对关键的成型零件还应进行强度和刚度校核。

1. 成型零件的结构设计

（1）凹模结构设计。

凹模是形成产品外形的部件，其结构特点随产品的结构和模具的加工方法而变化。

对于形状复杂的型腔，采用组合式凹模可以简化凹模的机械加工工艺，有利于模具成型零件的热处理和模具的修复，有利于利用镶拼间隙来排气，又可节省贵重的模具材料。现采用整体嵌入式凹模，如图 4-9 所示。

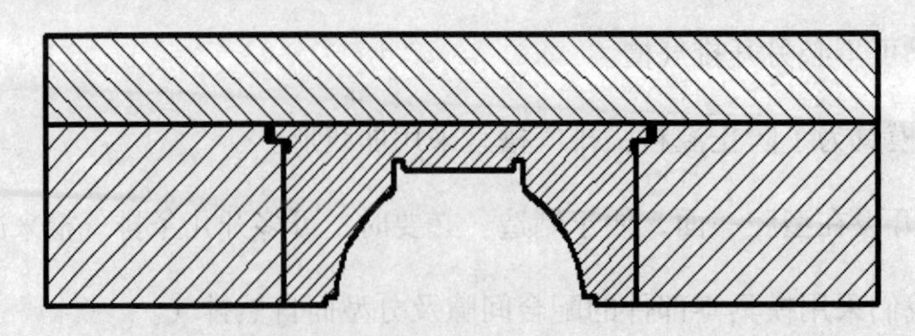

图 4-9　整体嵌入式凹模结构

（2）型芯结构设计。

整体嵌入式型芯，适用于小型塑件的多腔模具及大中型模具中，现采用最常用的嵌入装配方法中的台肩垫板式，如图 4-10 所示。

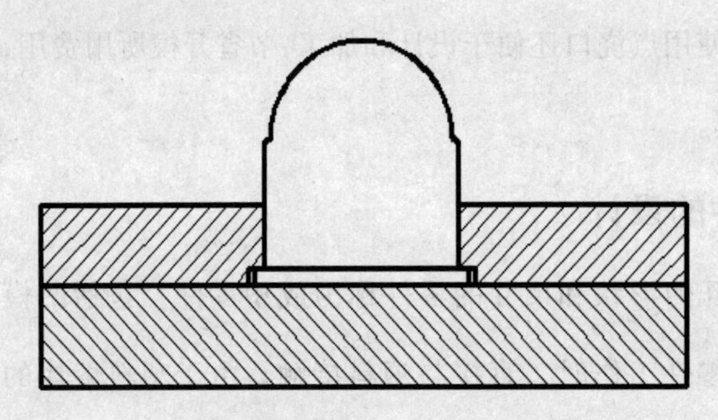

图 4-10　整体嵌入式型芯

2. 成型零件工作尺寸计算

成型零件的工作尺寸是指成型零件上直接构成型腔腔体的部位的尺寸，其直接对应塑件的形状与尺寸。塑料碗零件图如图 4-11 所示。

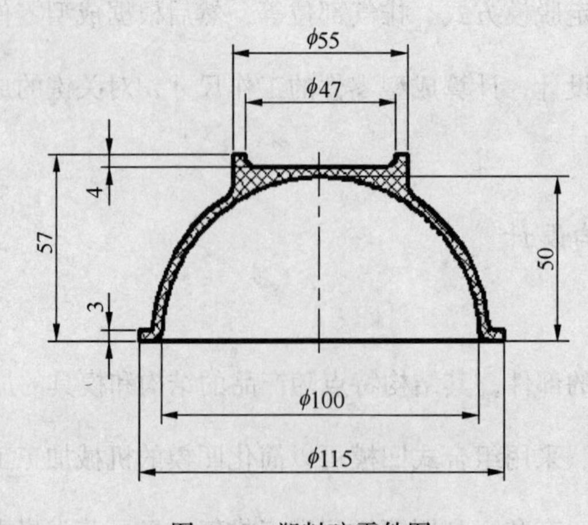

图 4-11　塑料碗零件图

（1）塑件的公差。

塑件的公差规定按单向极限制，制品外形轮廓尺寸公差取负值“$-\Delta$”，制品内形轮廓尺寸公差取正值“$+\Delta$”，若制品上原有公差的标注方法与上面要求不符，则应按以上规定进行转换。而制品孔中心距尺寸公差按对称分布原则计算，即取$\pm\frac{\Delta}{2}$。

（2）模具制造公差。

实践证明，模具制造公差可取塑件公差的$\frac{1}{4}\sim\frac{1}{3}$，即$\delta_z=\left(\frac{1}{4}\sim\frac{1}{3}\right)\Delta$，而且在成型加工过程中，由于型腔尺寸不断增大，所以设计时应减去磨损量$x\Delta$，由于型芯尺寸不断减小，所以设计时应加上磨损量$x\Delta$，中心距尺寸取“$\pm\frac{\delta_z}{2}$”。对于型腔底面（或型芯端面），因为脱模方向垂直，故磨损量$\delta_c=0$。

（3）塑件的收缩率。

塑件成型后的收缩率与多种因素有关，通常按平均收缩率计算

$$\overline{S}=\frac{S_{\max}+S_{\min}}{2}=(69)\_\_\_\_\_\_\_\_\%=(70)\_\_\_\_\_\_\_\_\%$$

（4）模具的磨损量。

实践证明，对于一般的中小型塑件，径向尺寸模具磨损系数可取$x=0.75$，高度尺寸模具磨损系数可取$x=1/2$。另外对于型腔底面（或型芯端面），因为脱模方向垂直，故磨损量$\delta_c=0$。

（5）模具在分型面上的合模间隙。

由于注塑压力及模具分型面平面度的影响，会导致动模、定模注塑时存在着一定的间隙。一般当模具分型的平面度较高、表面粗糙度较低时，塑件产生的飞边也小。飞边厚度一般应小于0.02～0.1mm。

① 对外形尺寸，根据公式有：

$$D_{1M}=\left[D_{1S}(1+\overline{S})-0.75\Delta\right]_0^{+\delta_z}=(71)\_\_\_\_\_\_\_\_\_\_=(72)\_\_\_\_\_\_\_\_;$$

$$D_{2M}=\left[D_{2S}(1+\overline{S})-0.75\Delta\right]_0^{+\delta_z}=(73)\_\_\_\_\_\_\_\_\_\_=(74)\_\_\_\_\_\_\_\_;$$

$$H_{1M}=\left[H_{1S}(1+\overline{S})-\frac{1}{2}\Delta\right]_0^{+\delta_z}=(75)\_\_\_\_\_\_\_\_\_\_=(76)\_\_\_\_\_\_\_\_;$$

$$H_{2M}=\left[H_{2S}(1+\overline{S})-\frac{1}{2}\Delta\right]_0^{+\delta_z}=(77)\_\_\_\_\_\_\_\_\_\_=(78)\_\_\_\_\_\_\_\_。$$

② 对内腔尺寸，根据公式有：

$$d_{1M}=\left[d_{1S}(1+\overline{S})+0.75\varDelta\right]_{-\delta_z}^{0}=(79)\_\_\_\_\_\_\_\_\_\_\_\_=(80)\_\_\_\_\_\_\_\_;$$

$$d_{2M}=\left[d_{2S}(1+\overline{S})+0.75\varDelta\right]_{-\delta_z}^{0}=(81)\_\_\_\_\_\_\_\_\_\_\_\_=(82)\_\_\_\_\_\_\_\_;$$

$$h_{1M}=\left[h_{1S}(1+\overline{S})+\frac{1}{2}\varDelta\right]_{-\delta_z}^{0}=(83)\_\_\_\_\_\_\_\_\_\_\_\_=(84)\_\_\_\_\_\_\_\_;$$

$$h_{2M}=\left[h_{2S}(1+\overline{S})+\frac{1}{2}\varDelta\right]_{-\delta_z}^{0}=(85)\_\_\_\_\_\_\_\_\_\_\_\_=(86)\_\_\_\_\_\_\_\_。$$

（六）合模导向机构的设计

合模导向机构具有定位、导向和承受一定的侧向力的作用。

导柱导向机构设计要点如下。

（1）小型模具一般只设置两根导柱，当其无合模方位要求时，用等径且对称布置的方法；若有合模方位要求时，则应采取等径不对称布置，或不等径对称布置的形式。大中型模具常设置 3 根或 4 根导柱，采取等径不对称布置，或不等径对称布置的形式。

（2）直导套常应用于简单模具或模板较薄的模具；Ⅰ型带头导套主要应用于复杂模具或大中型模具的动定模导向中；Ⅱ型带头导套主要应用于推出机构的导向中。

（3）导向零件应合理分布在模具的周围或靠近边缘部位，导柱中心到模板边缘的距离δ一般取导柱固定端直径的 1 ~ 1.5 倍，其设置位置可参见标准模架系列。

（4）导柱常固定在方便脱模取件的模具部分；但针对某些特殊的要求，如塑件在动模侧依靠推件板脱模，为了对推件板起到导向与支撑作用，而在动模侧设置导柱。

（5）为了确保合模的分型面良好贴合，导柱与导套在分型面处应设置承屑槽；一般都是削去一个面，或在导套的孔口倒角。

（6）导柱工作部分的长度应比型芯端面的高度高出 6 ~ 8mm，以确保其导向作用。

（7）应确保各导柱、导套及导向孔的轴线平行度以及同轴度要求，否则将影响合模的准确性，甚至损坏导向零件。

（8）导柱工作部分的配合精度采用 H7/f7（低精度时可采用 H8/f8 或 H9/f9），导柱固定部分的配合精度采用 H7/k6（或 H7/m6）。导套与定模座板之间一般用 H7/m6 的过渡配合，再用侧向螺钉防止其被拔出。

（9）对于生产批量小、精度要求不高的模具，导柱可直接与模板上加工的导向孔配合，通常导向孔应做成通孔；如果型腔板特厚，导向孔做成盲孔时，则应在盲孔侧壁增设通气孔，或在导柱柱身、导向孔开口端磨出排气槽。

（10）导向孔导滑面的长度与表面粗糙度可根据同等规格的导套尺寸来取，长度超出部分应扩径以缩短滑配面。

1. 导柱的结构

带头导柱如图 4-12 所示。

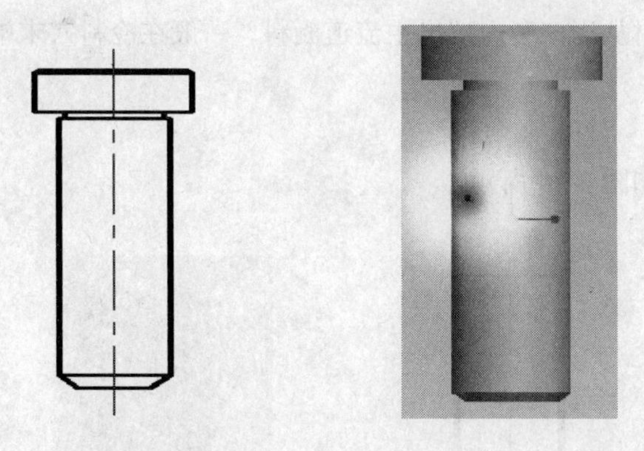

图 4-12 带头导柱

2. 导套的结构

带头导套如图 4-13 所示。

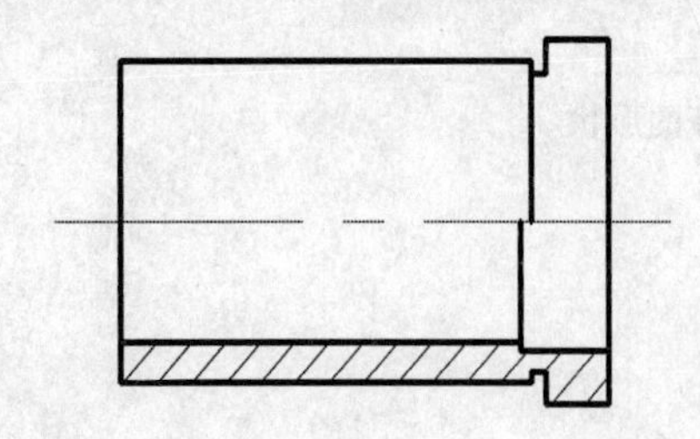

图 4-13 带头导套

（1）脱模机构设计的总体原则。

① 要求在开模过程中塑件留在动模一侧，以便推出机构尽量设在动模一侧，从而简化模具

结构。

② 正确分析塑件对模具包紧力与黏附力的大小及分布，有针对性地选择合理的推出装置和推出位置，使脱模力的大小及分布与脱模阻力一致；推出力作用点应靠近塑件对凸模包紧力最大的位置，应落在塑件刚度与强度最大的位置；力的作用面尽可能大一些，以防止塑件在被推出过程中变形或损坏。

③ 推出位置应尽可能设在塑件内部或对塑件外观影响不大的部位，以力求良好的塑件外观。

④ 推出机构应结构简单，动作可靠（即：推出到位、能正确复位且不与其他零件相干涉，有足够的强度与刚度），运动灵活，制造及维修方便。

⑤ 为了便于开模时从浇口套内拉出主流道凝料，一般在冷料穴末端设置拉料杆。

（2）推杆设计。

① 推杆的形状　如图 4-14 所示。

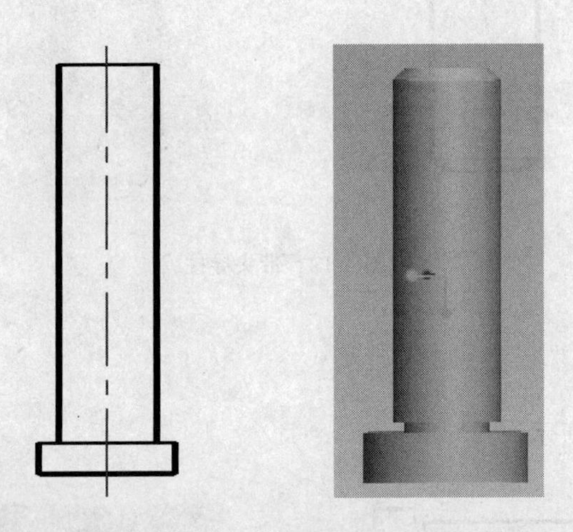

图 4-14　推杆的形状

② 推杆的位置与布局。

a. 应设在脱模阻力大的部位，均匀布置。

b. 应保证塑件被推出时受力均匀，推出平衡，不变形；当塑件各处脱模阻力相同时，则均匀布置；若某个部位脱模阻力特大，则该处应增加推杆数目。

c. 推杆应尽可能设在塑件厚壁、凸缘、加强等塑件强度、刚度较大处；当结构特殊、需要推在薄壁处时，可采用盘状推杆以增大接触面积。推杆的设置不应影响凸模强度与寿命。推杆孔距型芯侧壁$\delta_2 \geqslant 3$mm。

d. 在模内排气困难的部位应设置推杆，以利于用配合间隙排气。

e. 若塑件上不允许有推杆痕迹时，可在塑件外侧设置溢料槽，推杆推在溢料槽内的凝料上，从而带出塑件。

（3）推件板设计的要点。

① 推件板与型芯应呈 3°～10° 的推面配合，以减少运动摩擦，并起辅助定位作用以防止推件板偏心而溢料；推件板与型芯侧壁之间应有 0.20～0.25mm 的间隙，以防止两者间的擦伤或卡死，推件板与型芯间的配合间隙以不产生塑料溢料为宜，塑料的最大溢料间隙可查表，推件板与型芯相配合表面粗糙度可以取 Ra0.4～0.8μm。

② 推件板可用经调质处理的 45 钢制造，对要求比较高的模具，也可以采用 T8、T10 等材料，并淬硬到 53～55HRC，有时也可以在推件板上镶淬火衬套以延长寿命。

③ 推件板复位后，在推板与动模座板间应留有为保护模具的 2～3mm 空隙。

（4）浇注系统凝料脱模机构。

流道凝料采用三板式脱模，采用点浇口时，浇注系统能够利用开模动作实现塑件与流道凝料的自动分离，同时利用塑件对凸模的包紧力将塑件与流道凝料拉断。

（七）工艺卡片

塑料碗成型工艺卡片见表 4-1。

表 4-1 塑料碗成型工艺卡片

制品名称	碗	预热和干燥	温度 t/℃	90	注塑压力 P/MPa	70～100
制品材料	PP		时间 r/h	1	注塑时间 $t_{注}$/s	20～60
制品体积	65cm^3	料筒温度 t/℃	前段	160～180	保压时间 $t_{保}$/s	0～3
制品质量	58.5g		中段	180～200	冷却时间 $t_{冷}$/s	20～90
投影面积	103.81cm^2		后段	200～220	生产周期 t/s	50～160
成型方法	注塑成型	喷嘴温度 t/℃			后处理	
注塑机类型	螺杆式	模具温度 t/℃	80-90		制造批量	中等批量

（八）模具总装配图的绘制

模具总装图是拆绘零件图的依据，应清楚表达各零件之间的相互装配关系及固定连接方式。模具总装图的一般布置情况如图 2-11 所示。

有了上述各步计算所得的数据及确定的工艺方案，便可以对模具进行总体设计并画出注塑模具装配图的主视图如图 4-15 所示，左视图如图 4-16 所示。

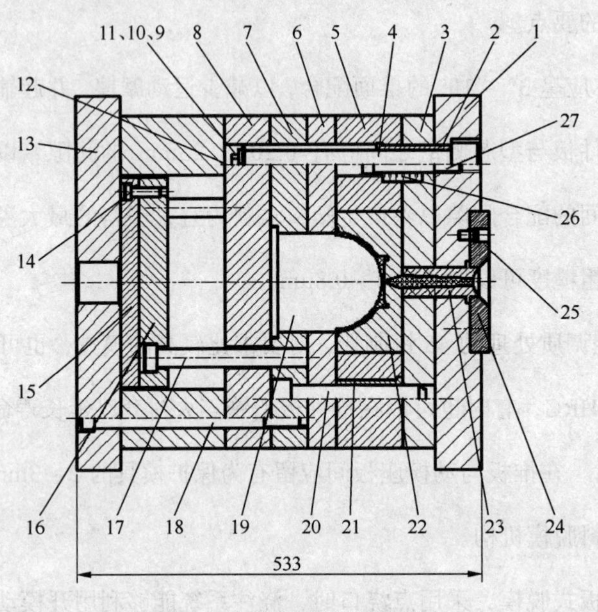

图 4-15　注塑模具的主视图

总装图中的所有零件（含标准件）都要详细地填写在明细栏中。标题栏和明细栏的格式各工厂也不尽相同。表 4-2、表 4-3 中的明细栏和标题栏格式仅供参考。

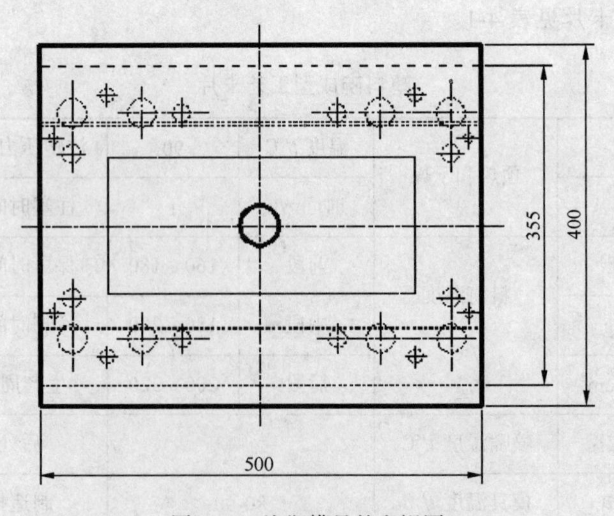

图 4-16　注塑模具的左视图

表 4-2 注塑模具总装图的明细表

27	弹簧导杆	4	A3		ϕ20
26	弹簧	4	65Mn		
25	螺钉	2	45	GB/T 70.1—2008	M10
24	定位圈	1	45		
23	浇道口	1	T8A	GB/T 1184—1996	
22	凹模	1	20CrMnTi		
21	导套	4	T8A	GB/T 4169.1—2006	
20	导柱	4	20	GB/T 4169.4—2006	
19	型芯	2	20CrMnTi		
18	螺钉	4	20	GB/T 70.1—2008	M20
17	推杆	1	T8A		
16	推板	1	45		
15	顶杆固定板	1	A3		
14	螺钉	4	45	GB/T 70.1—2008	M10
13	动模座板	1	45	GB/T 12555—2006	
12	垫块	2	A3	GB/T 12555—2006	
11	弹簧垫圈	4	65Mn	GB/T 93—1987	ϕ10.2
10	垫圈	4	45	GB/T 95—2006	ϕ32
9	限位螺钉	4	45		
8	支承板	1	45	GB/T 12555—2006	
7	固定板	1	45		
6	顶板	1	45		
5	定模板	1	45	GB/T 12555—2006	500×355
4	定距导柱	4	T8A		

续表

<table>
<tr><td>3</td><td>脱浇板</td><td>1</td><td>45</td><td></td><td>500×355</td></tr>
<tr><td>2</td><td>导套</td><td>4</td><td>T8A</td><td></td><td></td></tr>
<tr><td>1</td><td>定模座板</td><td>1</td><td>45</td><td>GB/T 12555—2006</td><td>500×400</td></tr>
<tr><td>序号</td><td>名称</td><td>数量</td><td>材料</td><td>标准</td><td>备注</td></tr>
</table>

表 4-3　　注塑模具总装图的标题栏

<table>
<tr><td></td><td></td><td colspan="2"></td><td></td><td></td><td colspan="6" rowspan="4"></td><td rowspan="3"></td></tr>
<tr><td></td><td></td><td colspan="2"></td><td></td><td></td></tr>
<tr><td></td><td></td><td colspan="2"></td><td></td><td></td></tr>
<tr><td>标记</td><td>处数</td><td colspan="2">更改文件号</td><td>签名</td><td>年月日</td><td rowspan="2"></td></tr>
<tr><td>设计</td><td></td><td></td><td>标准化</td><td></td><td></td><td colspan="4">阶段标记</td><td>数量</td><td>比例</td></tr>
<tr><td>绘图</td><td></td><td></td><td></td><td></td><td></td><td rowspan="2"></td><td rowspan="2"></td><td rowspan="2"></td><td rowspan="2"></td><td rowspan="2"></td><td rowspan="2"></td><td rowspan="3"></td></tr>
<tr><td>审核</td><td></td><td></td><td></td><td></td><td></td></tr>
<tr><td>工艺</td><td></td><td></td><td>批准</td><td></td><td></td><td colspan="6">共　　张　第　　张</td></tr>
</table>

五、问题分析

1. 在对该模具进行结构设计过程中，你有哪些改进方案？依据何在？

2. 学习查阅有关模具标准，并指出模具标准化的重要意义。

六、成绩的评定

最终成绩根据表现、图面质量、说明书的准确性以及答辩成绩综合评定。其中平时表现占40%，图面质量占40%，简要答辩成绩占20%。具体评分细则见表4-4。

表4-4　　平时成绩与图面质量评分表（共80分）

序号	设计内容		配分	备　注
1	塑件结构工艺性分析		5	工艺不合理扣3～5分
2	完成相关工艺计算	塑件体积及质量查询或计算	5	教师根据学生的计算情况逐条打分，没有计算或选用的不得分，计算错误的酌情扣分
		注塑机选用	5	
		注塑工艺参数的选用	5	
3	完成模具零部件的设计计算	分型面的选择	5	教师根据学生的计算与选用情况逐条打分，没有计算或选用的不得分，计算与选用错误的酌情扣分
		浇注系统的设计	5	
		推出机构的设计	5	
		成型零件工作尺寸的计算	5	
		标准件的选用	5	
4	绘制注塑模具总装配图		15	视图面质量打分，纠正图纸的模具结构和绘图与设计细节错误
5	绘制教师指定的注塑模具零件图		10	零件图视零件图尺寸、公差及粗糙度的标注等打分
6	填写设计说明书		10	查看说明书计算内容是否完整正确，可酌情打分

附录1

冷轧钢板常用材料厚度参照表(单位:mm)

公称厚度	按下列钢板宽度的最小和最大长度														
	600	650	700	(710)	750	800	850	900	950	1 000	1 100	1 250	1 400	(1 420)	1 500
0.20, 0.25, 0.30	1 200	1 300	1 400	1 400	1 500	1 500	1 500	1 500	1 500	1 500	1 500	—	—	—	—
0.35, 0.40, 0.45	2 500	2 500	2 500	2 500	2 500	2 500	2 500	3 000	3 000	3 000	3 000	—	—	—	—
0.56, 0.60	1 200	1 300	1 400	1 400	1 500	1 500	1 500	1 500	1 500	1 500	1 500	1 500	—	—	
0.65	2 500	2 500	2 500	2 500	2 500	2 500	2 500	3 000	3 000	3 000	3 500	3 500			
0.70	1 200	1 300	1 400	1 400	1 500	1 500	1 500	1 500	1 500	1 500	1 500	1 500	2 000	2 000	—
0.75	2 500	2 500	2 500	2 500	2 500	2 500	2 500	3 000	3 000	3 000	3 000	3 500	4 000	4 000	
0.80, 0.90	1 200	1 300	1 400	1 400	1 500	1 500	1 500	1 500	1 500	1 500	1 500	1 500	2 000	2 000	2 000
1.00	3 000	3 000	3 000	3 000	3 000	3 000	3 000	3 500	3 500	3 500	3 500	4 000	4 000	4 000	4 000
1.1, 1.2,	1 200	1 300	1 400	1 400	1 500	1 500	1 500	1 500	1 500	1 500	1 500	2 000	2 000	2 000	2 000
1.3	3 000	3 000	3 000	3 000	3 000	3 000	3 000	3 500	3 500	3 500	4 000	4 000	4 000	4 000	4 000
1.4, 1.5, 1.6	1 200	1 300	1 400	1 400	1 500	1 500	1 500	1 500	1 500	1 500	1 500	1 500	2 000	2 000	2 000
1.7, 1.8, 2.0	3 000	3 000	3 000	3 000	3 000	3 000	3 000	3 000	3 000	4 000	4 000	6 000	6 000	6 000	6 000
2.2	1 200	1 300	1 400	1 400	1 500	1 500	1 500	1 500	1 500	1 500	1 500	2 000	2 000	2 000	2 000
2.5	3 000	3 000	3 000	3 000	3 000	3 000	3 000	3 000	3 000	4 000	4 000	6 000	6 000	6 000	6 000

续表

公称厚度	按下列钢板宽度的最小和最大长度														
	600	650	700	（710）	750	800	850	900	950	1 000	1 100	1 250	1 400	（1 420）	1 500
2.8，3.0	1 200	1 300	1 400	1 400	1 500	1 500	1 500	1 500	1 500	1 500	1 500	2 000	2 000	2 000	2 000
3.2	3 000	3 000	3 000	3 000	3 000	3 000	3 000	3 000	3 000	4 000	4 000	6 000	6 000	6 000	6 000

附录2

热轧钢板常用材料厚度参照表（单位：mm）

<table>
<tr><th rowspan="2">公称厚度</th><th colspan="5">下列宽度的最小和最大长度</th></tr>
<tr><th>600</th><th>800</th><th>1 000</th><th>1 250</th><th>1 500</th></tr>
<tr><td>0.5、0.6</td><td>1 200</td><td>1 500</td><td rowspan="4">2 500
3 000</td><td>—</td><td>—</td></tr>
<tr><td>0.8</td><td rowspan="9">2 000</td><td>1 500</td><td>—</td><td>—</td></tr>
<tr><td>1.0</td><td rowspan="2">1 600
2 000</td><td>—</td><td>—</td></tr>
<tr><td rowspan="2">1.2</td><td>—</td><td>—</td></tr>
<tr><td rowspan="6">2 000
6 000</td><td rowspan="6">2 000
6 000</td><td rowspan="6">2 000
6 000</td><td rowspan="6">2 000
6 000</td></tr>
<tr><td>1.5</td></tr>
<tr><td>2.0</td></tr>
<tr><td>2.5</td></tr>
<tr><td>3.0</td></tr>
<tr><td>3.5</td></tr>
</table>

附录3

轴和孔的标准公差表（缩略）

基本尺寸/mm	公差等级										
	IT5	IT6	IT7	IT8	IT9	IT10	IT11	IT12	IT13	IT14	IT15
	公差/μm										
≤3	4	6	10	14	25	40	60	100	140	250	400
>3～6	5	8	12	18	30	48	75	120	180	300	480
>6～10	6	9	15	22	36	58	90	150	220	360	580
>10～18	8	11	18	27	43	70	110	180	270	430	700
>18～30	9	13	21	33	52	84	130	210	330	520	840
>30～50	11	16	25	39	62	100	160	250	390	620	1 000
>50～80	13	19	30	46	74	120	190	300	460	740	1 200
>80～120	15	22	35	54	87	140	220	350	540	870	1 400
>120～180	18	25	40	63	100	160	250	400	630	1 000	1 600

附录4

凸凹模最小壁厚 m（单位：mm）

料厚 t	0.4	0.5	0.6	0.7	0.8	0.9	1.0	1.2	1.5	1.75
最小壁厚 m	1.4	1.6	1.8	2.0	2.3	2.5	2.7	3.2	3.8	4.0
最小直径 D	15					18			21	
料厚 t	2.0	2.1	2.5	2.75	3.0	3.5	4.0	4.5	5.0	5.5
最小壁厚 m	4.9	5.0	5.8	6.3	6.7	7.8	8.5	9.3	10.0	12.0
最小直径 D	21	25		28		32		35	40	45

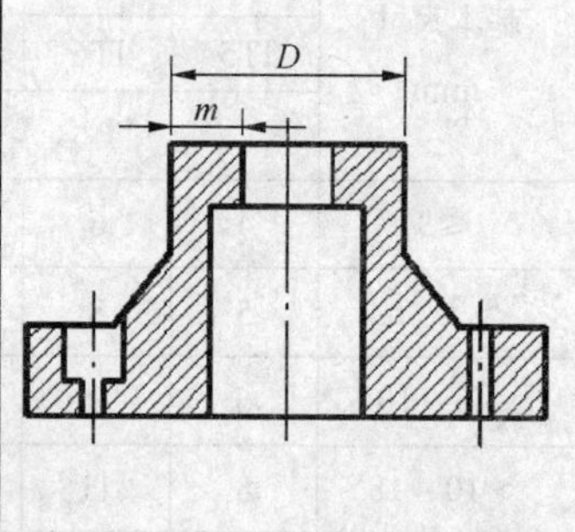

附录5

模具设计常用的配合特性与应用

常用配合	配合特性与应用举例
H6/h5、H7/h6、H8/h7	间隙配合。包括导柱与导套、凸模与导板、顶板与凹模的配合等
H7/k6 或 H7/m6、H7/n6、H8/k7	过渡配合。包括凸模与凸模固定板、模柄与上模座的配合等
H7/r6	过盈配合。包括导套与上模座、导柱与下模座的固定等

附录6

普通冲裁模的对比关系

比较项目 \ 模具种类	单工序模		级进模	复合模
	无导向的	有导向的		
冲压精度	低	一般	IT10～IT13	IT8～IT10
零件平整程度	差	一般	不平整、高质量件需较平	因压料较好，零件平整
零件最大尺寸和材料厚度	尺寸、厚度不受限制	中小型尺寸、厚度较厚	尺寸在250mm以下，厚度在0.1～6mm之间	尺寸在300mm以下，厚度在0.05～3mm之间
冲压生产率	低	较低	工序间自动送料生产效率较高	冲件留在模具工作面上需清理，生产率稍低
使用高速自动压力机的可能性	不能使用	可以使用	可在高速压力机上工作	操作时出件困难，不作推荐
模具制造的工作量和成本	低	比无导向模略高	冲裁较简单的零件时低于复合模	冲裁复杂零件时低于级进模
安全性	不安全，需采取安全措施		比较安全	不安全，需采取安全措施

附录7
生产批量与模具类型关系

生 产 性 质	生产批量/万件	模 具 类 型	设 备 类 型
小批量	1	简易模、组合模、单工序模	通用压力机
中批量	1 ~ 30	单工序模、复合模、级进模	通用压力机
大批量	30 ~ 150	复合模、多工位自动级进模	高速压力机
大量	> 150	硬质合金模、多工位自动级进模	自动化压力机、专用压力机

附录8

塑料件尺寸公差表

公差等级	公差种类	>0～3	3～6	6～10	10～14	14～18	18～24	24～30	30～40	40～50	50～65	65～80	80～100	100～120
MT1	A	0.07	0.08	0.09	0.1	0.11	0.12	0.14	0.16	0.18	0.20	0.23	0.26	0.29
	B	0.14	0.16	0.18	0.20	0.21	0.22	0.24	0.26	0.28	0.30	0.33	0.36	0.39
MT2	A	0.10	0.12	0.14	0.16	0.18	0.20	0.22	0.24	0.26	0.30	0.34	0.38	0.42
	B	0.20	0.22	0.24	0.26	0.28	0.30	0.32	0.34	0.36	0.40	0.44	0.48	0.52
MT3	A	0.12	0.14	0.16	0.18	0.20	0.24	0.28	0 .32	0.36	0.40	0.46	0.52	0.58
	B	0.32	0.34	0.36	0.38	0.40	0.44	0.48	0.52	0.56	0.60	0.66	0.72	0.78
MT4	A	0.16	0.18	0.2	0.24	0.28	0.32	0.36	0.42	0.48	0.56	0.64	0.72	0.82
	B	0.36	0.38	0.40	0.44	0.48	0.52	0.56	0.62	0.68	0.76	0.84	0.92	1.02
MT5	A	0.20	0.24	0.28	0.32	0.38	0.44	0.5	0.56	0.64	0.74	0.86	1.00	1.14
	B	0.40	0.44	0.48	0.52	0.58	0.64	0.70	0.76	0.84	0.94	1.06	1.20	1.34
MT6	A	0.26	0.32	0.38	0.46	0.54	0.62	0.7	0.8	0.94	1.10	1.28	1.48	1.72
	B	0.46	0.52	0.58	0.68	0.74	0.82	0.90	1.00	1.14	1.30	1.48	1.68	1.92
MT7	A	0.38	0.48	0.58	0.68	0.78	0.88	1.00	1.14	1.32	1.54	1.80	2.10	2.40
	B	0.58	0.68	0.78	0.88	0.98	1.08	1.20	1.34	1.52	1.74	2.00	2.30	2.60

附录9

开式可倾压力机基本参数表

公称压力/kN			63	100	160	250	400	630	800	1 000	1 250	1 600	2 000	2 500	3 150
达到公称压力时滑块离下死点的距离/mm			3.5	4	5	6	7	8	9	10	10	12	12	13	13
滑块行程/mm			50	60	70	80	100	120	130	140	160	——	——	——	——
行程次数（不少于）/（次/min）			160	135	115	100	80	70	60	60	50	40	40	30	30
最大闭合高度/mm	固定台可倾		170	180	220	250	300	360	380	400	430	450	450	500	500
	活动台位置	最低	—	—	300	360	400	460	480	500	—	—	—	—	—
		最高	—	—	160	180	200	220	240	260	—	—	—	—	—
闭合高度调节量/mm			40	50	60	70	80	90	100	110	120	130	130	150	150
滑块中心到机身距离（喉深）/mm			110	130	160	190	220	260	290	320	350	380	380	425	425
工作台尺寸/mm	左右		315	360	450	560	630	710	800	900	970	1 120	1 120	1 250	1 250
	前后		200	240	300	300	420	480	540	600	650	710	710	800	800
工作台孔尺寸/mm	左右		150	180	220	360	300	340	380	420	460	530	530	650	650
	前后		70	90	110	130	150	180	210	230	250	300	200	350	350
	直径		110	130	160	180	200	230	260	300	340	400	400	460	460
立柱间距离（不小于）/mm			150	180	220	260	300	340	380	420	460	$\phi70 \times 80$		650	650

续表

模柄孔尺寸（直径×深度）/mm	ϕ30×50	ϕ30×55	ϕ40×60		ϕ50×70			ϕ60×75				T形槽	
工作台板厚度/mm	40	50	60	70	80	90	100	110	120	130	130	150	150
倾斜角（不小于）/（°）	30	30	30	30	30	30	30	25	25	25			

附录10

压力机常见的故障及排除方法

序号	故障现象	故障原因	排除方法
1	调节闭合高度时滑块调不动	1. 调节螺杆压弯 2. 调节螺杆螺纹与连杆咬住 3. 蜗轮（或连同调节螺母一起）底面或侧面或牙齿鼓胀部分与滑块体（或外壳）咬住 4. 调节螺杆球头间隙过小，球头与球头座咬合 5. 球头销松动卡在滑块上 6. 平衡气缸气压过高或过低 7. 蜗杆轴滚动轴承碎裂 8. 导轨间隙太小 9. 电动机、电器故障 10. 锁紧未松开	1. 更换或校直 2. 更换或修丝扣 3. 轻则修刮车削，重则更换新件 4. 放大间隙，清洗球座，去伤痕 5. 重新配销 6. 调整气压 7. 换轴承 8. 调整间隙 9. 电工检修 10. 松开
2	冲压过程中，滑块速度明显下降	1. 润滑不足 2. 导轨压得太紧 3. 电动机功率不足	1. 加足润滑油 2. 放松导轨重新调整 3. 更换电动机或改选压力机
3	润滑点流出的油发黑或有青铜屑	润滑不足	检查润滑油流动情况，清理油路、油槽及刮研轴瓦

续表

序号	故障现象	故障原因	排除方法
4	球头结构的连杆滑块在工作过程中滑块闭合高度自动改变	1. 设有锁紧机构的连杆滑块机构中出现这种现象，是由于蜗轮蜗杆没有保证自锁 2. 具有锁紧机构的连杆滑块机构，往往由于调节闭合高度后忘了锁紧或锁紧不够	1. 减小螺旋角等，在双连杆压力机上可采用加抱闸的方法（临时措施） 2. 重新调整琐紧
5	连杆球头部分有响声	1. 球形盖板松动 2. 压力机超载，压塌块损坏	1. 旋紧球形盖板的螺钉，并用手扳动连杆调节螺杆以测松紧程度 2. 更换新的压塌块

中华人民共和国国家标准

GB/T 14662-2006

冲 模 技 术 条 件

Specification of the press tools

1 主题内容与适用范围

本标准规定了冲模的零件技术要求、装配技术要求、检验和验收技术条件、标记、包装、运输、贮存及使用规定。

本标准适用于单工序、复合、级进等冲模。

2 引用标准

GB/T 2851 ~ 2854　冲摸模架

GB 2857 ~ 2874　冷冲模（零件、典型组合部分）

GB 196　普通螺纹　基本尺寸（直径 1 ~ 600mm）

GB 197　普通螺纹　公差与配合（直径 1 ~ 355mm）

GB 1804　公差与配合　未注公差尺寸的极限偏差

GB 1184　形状和位置公差　未注公差的规定

GB 1298　碳素工具钢技术条件

GB 1299　合金工具钢技术条件

GB 699　优质碳素结构钢　技术条件

GB 700　普通碳素结构钢　技术条件

GB 9439　灰铸铁件

GB 1222　弹簧钢

JB/T 7183　冲模钢板模架技术条件

YB 849　硬质合金牌号

YB 9　铬轴承钢技术条件

3　零件技术要求

3.1　冲模的设计和制造若无特殊要求，一律按 GB/T 2851 ~ 2854、GB 2857 ~ 2874 和 JB/T 7183 选用标准模架和标准件，并符合相应的技术要求。

3.2　冲模零件不允许有裂纹，工作表面不允许有划痕、机械损伤、锈蚀等表面缺陷。经热处理后的零件硬度应均匀，不允许有软点和脱碳区，并清除氧化物等。

3.3　冲模各零件的材料和热处理硬度应优先按表 1、表 2 选用、允许采用性能高于表 1、表 2 规定的其他钢种。

3.4　零件图中普通螺纹的基本尺寸应符合 GB 196 的规定，选用的公差与配合应符合 GB 197 的规定。

3.5　零件图上未注明倒角的尺寸，除刃口外所有锐边均应倒角或倒圆。视零件大小，倒角尺寸为 0.5 × 45° ~ 2× 45°，倒圆尺寸为 R0.5mm ~ 1mm。

3.6　经磁性吸力磨削后的钢件应退磁。

3.7　零件上销钉孔的配合长度一般不应小于销钉直径的 1.5 倍。

3.8　固定板、凹模、垫板、卸料板的形状和位置公差被 GB 2870 的规定。

3.9　固定卸料的导料板应磨成等高。

3.10 冲模各零件的几何形状、尺寸精度、表面粗糙度等应符合设计图样要求。

表1 冲模工作零件常用材料及热处理要求

模具类型	冲件情况及对模具工作零件的要求		选用材料 牌号	选用材料 标准号	热处理硬度HRC 凸模	热处理硬度HRC 凹模
冲裁模	Ⅰ	形状简单、精度较低、冲裁材料厚度小于或等于3mm，批量中等	T10A 9Mn2V	GB 1298 GB 1299	56～60	60～64
		带台肩的、快换式的凹凸模和形状简单的镶块				
	Ⅱ	材料厚度小于或等于3mm，形状复杂	9CrSi	GB 1299	58～62	60～64
	Ⅱ	冲裁材料厚度大于3mm，形状复杂的镶块	CrWMn Cr12 Cr12MoV			
	Ⅲ	要求耐磨、高寿命	Cr12MoV	GB 1299	58～62	60～64
			YG15 YG20	YB 849	—	—
	Ⅳ	冲薄材料用的凹模	T10A	GB 1298	—	—
弯曲模	Ⅰ	一般弯曲的凸，凹模及镶块	T10A	GB1298	56～62	
	Ⅱ	形状复杂、高度耐磨性的凸、凹模及镶块	CrWMn Cr12 Cr12MoV	GB 1299	60～64	
		生产批量特别大	YC15	YB 849	—	
	Ⅲ	加热弯曲	5CrNiMo 5CrNiTi 5CrMnMo	GB 1299	52～56	
拉伸模	Ⅰ	一般拉伸	T10A	GB 1298	56～60	58～62
	Ⅱ	形状复杂、高度耐磨	Cr12 Cr12MoV	GB 1299	58～62	60～64
	Ⅲ	生产批量特别大	Cr12MoV	GB 1299	58～62	60～64
			YG10 YG15	YB 849	—	—
	Ⅳ	变薄拉伸凸模	Cr12MoV	GB 1299	58～62	
		变薄拉伸凹模	W18Cr4V Cr12MoV	GB 1299		60～64
			YG10 YG15	YB 849		—
	Ⅴ	加热拉伸	5CrNiTi 5CrNiMo	GB 1299	52～56	52～56

续表

模具类型	冲件情况及对模具工作零件的要求		选用材料		热处理硬度 HRC	
			牌号	标准号	凸模	凹模
大型拉伸模	Ⅰ	中小批量	HT200	GB 9439		
			QT600-20	GB 1348	HB197～269	
	Ⅱ	大批量	镍铬铸铁		火焰淬硬 40～43	
			钼铬铸铁		火焰淬硬 50～55	
			钼钒铸铁		火焰淬硬 50～55	

表 2　　冲模一般零件的材料和热处理要求

零件名称	选用材料牌号	标准号	硬度 HRC
上、下模座	HT200	GB 9439	—
模柄	A3	GB 700	—
导柱	20	GB 699	58～62（渗碳）
导套	20	GB 699	58～62（渗碳）
凸凹模固定板	45	GB 699	
	A3	GB 700	
承料板	A3	GB 700	
卸料板	A3	GB 700	
	45	GB 699	
导料板	45	GB 699	28～32
	A3	GB 700	
挡料销	45	GB 699	43～48
导正轴	T8A	GB 1298	50～54
	9Mn2V	GB 1299	56～60
垫板	45	GB 699	43～48
螺钉	45	GB 699	头部 43～48
销钉	45	GB 699	43～48
推杆、顶杆	45	GB 699	43～48
顶板	45	GB 699	43～48

续表

零件名称	选用材料牌号	标准号	硬度HRC
拉伸摸压边圈	T8A	GB 1298	54～58
	45	GB 699	43～48
螺母、垫圈、螺塞	A3	GB 700	
定距侧刃、废料切刀	T10A	GB 1298	58～62
侧刃挡块	T8A	GB 1298	56～60
楔块与滑块	T8A	GB 1298	54～58
弹簧	65Mn	GB 1222	44～50

3.11　零件图中未注公差尺寸的极限偏差按 GB 1804 的规定，孔按 H14 级，轴按 h14 级，长度按 Js14 级。

3.12　零件图中未注的形状和位置公差按 GB 1184 规定，其公差等级为 C 级。

3.13　当冲模重量达 20kg 时，应设起吊螺钉并符合 GB 825《吊环螺钉》的规定，若采用其他起吊措施时，亦应符合其相应的规定。

3.14　成形工作零件的口部圆角及拉伸筋等必须圆滑过渡，符合设计要求并允许在试模时给予修正，以达到冲压零件的要求。

3.15　冲裁模之凸、凹模刃口及侧刃等必须锋利，不允许有崩刃、缺刃和机械损坏。

3.16　冲裁模凹模工作孔不允许有倒锥度。

3.17　用锻材加工的零件不应有过热、过烧的内部组织和机械加工不能去掉的裂纹、夹层及凹坑。

4　装配技术要求

4.1　装配时应保证凸、凹模之间的间隙均匀一致，配合间隙符合设计要求，不允许采用使凸、凹模变形的方法来修正间隙。

4.2　推料、卸料机构必须灵活，卸料板或推件器在冲模开启状态时，一般应突出凸凹模表面 0.5～1.0mm。

4.3 当采用机械方法联接硬质合金零件时，连接表面的表面粗糙度参数 R_a 值为 0.8μm。

4.4　各接合面保证密合。

4.5　落料、冲孔的凹模刃口高度，按设计要求制造，其漏料孔应保证畅通，一般应比刃口大0.2 ~ 2mm。

4.6　冲模所有活动部分的移动应平稳灵活，无滞止现象，滑块、楔块在固定滑动面上移动时，其最小接触面积不少于其面积的四分之三。

4.7　各紧固用的螺钉、销钉不得松动，并保证螺钉和销钉的端面不突出上下模座平面。

4.8　各卸料螺钉沉孔深度应保证一致。

4.9　各卸料螺钉、顶杆的长度应保证一致。

4.10　凸模的垂直度必须在凸凹模间隙值的允许范围内，推荐采用表 3 的数据。

表 3

间隙值/mm	垂直度公差等级	
	单 凸 模	多 凸 模
薄料、无间隙（≤0.02）	5	6
＞0.02 ~ 0.06	6	7
＞0.06	7	8

4.11　冲模的装配必须符合模具装配图、明细表及技术条件的规定。

4.12　凸模、凸凹模等与固定板的配合一般按 H7/n6 或 H7/m6，保证工作稳定可靠。

4.13　在保证使用可靠的前提下，凸模、凹模、导柱、导套等零件的固定可采用性能良好并稳定的粘结材料浇注固定。

5　检验和验收技术条件

5.1　冲模须进行下列验收工作；

a. 冲模设计审核；

b. 外观检查；

c. 尺寸检查；

d. 试模和冲件检查；

e. 质量稳定性检查；

f. 冲模材料和热处理要求检查。

冲模制造单位检验部门，应将各项检查内容逐项填入冲模验收卡。

5.2 冲模设计的审核按附录 A（参考件）的有关内容进行。

5.3 冲模制造单位质检部门应按冲模设计图样和本技术条件对冲模零件和冲模进行外观和尺寸检查。

5.4 经第 5.3 条检查合格的冲模可进行试模并按正常生产条件试模，试模用的冲床应符合有关的技术要求，试模所用的材质应与要求相符。

5.5 试冲时冲件取样应在冲压工艺稳定后进行，根据冲模精度的不同，试冲 20 ~ 1 000 件（精密多工位级进模必须试冲 1 000 件以上），对于大型覆盖模具要求连续试冲 5 ~ 10 件，完全符合零件要求，最后由模具制造方开具合格证并随模具交付用户。

冲件的尺寸和形状应符合产品设计图样的要求，成形冲件表面不允许有伤痕、裂纹和皱折等现象。试冲件尺寸不得达到冲件的极限尺寸，须保留一定的模具磨损量，一般情况下保留的磨损量至少为冲件公差的三分之一。

5.6 冲模质量稳定性检查的批量生产由用户承担，其检查方法为在正常生产条件下连续生产 8h，上述工作应在接到被检模具后一个月内完成，期满未达到稳定性检验批量时，即视为此项工作已完成，检验期间由于制造质量引起模具零件损坏，由制造方保修。

5.7 用户在稳定性检验期间应按图样和本技术条件要求对冲模主要零件的材质、热处理、表面处理情况进行检查或抽查，发现的质量问题应由制造方负责解决。

6 标记、包装、运输、储存

6.1 应在冲模非工作面明显处打标记，标记应清楚并耐摩擦，标记的内容为；

模具或冲件图号、制造日期、制造厂名。允许按用户的要求标出标记。

6.2 冲模出厂或入库前应擦洗干净，所有零件的表面应涂覆防锈剂或采用防锈包装。

6.3 出厂的冲模应根据运输要求进行包装、应防潮、防止磕碰，保证正常运输中冲模完好无损。

6.4 有关的说明文件用一个单独的防水袋装好，并随冲模一起交给用户。

6.5 运输箱上的标记要求按运输部门的有关规定执行。

7 使用规定

7.1 冲模应安装在相应精度等级的压力机上并使用专用的工具将其紧固，选用压力机的公称压力必须符合设计要求；若无相应的压力机，其公称压力应超过计算力的 30%。

7.2 冲压前，冲制的材料应擦拭干净。

7.3 冲模的工作部分应经常刃磨或抛光。在刃磨时，刃磨量不应超过刃口的受体半径；抛光时，抛光量不大于 0.01mm。

7.4 在压力机上同时安装若干副冲模时，各冲模的闭合高度不能相差过大；

当只安装冲裁模或冲裁模和一副成型模时，其闭合高度之差不大于 1mm；

当只安装成型模，其闭合高度之差不大于 0.2mm。

7.5 应定期检查压力机的精度，使之符合相关规定。

7.6 冲模安装在垫板上，垫板间的距离尺寸可比冲模模座上的开孔尺寸大，但不超过 20%。

7.7 当从冲模上将条料送入、送出时，应避免冲切外形不完整的零件。

附录12

冲模设计的审核项目（参考件）

A1　冲模质量及冲件、压力机方面的审核，包括的内容为：

A1.1　冲模各零件的材质、硬度、精度、结构是否能符合用户的要求；模具的压力中心是否与压力机的压力中心相重合；卸料机构能否正确工作；冲件能否卸出。

A1.2　是否对影响冲件质量的各因素进行了研究；是否注意到在不妨碍使用和冲压工艺等前提下尽量简化加工；冲压工艺参数的选择是否正确，冲件是否会产生变形（如翘曲、回弹等）。

A1.3　冲压力（包括冲裁力、卸料力、推件力、顶件力、弯曲力、压料力、拉伸力等）是否超过压力机的负荷能力；冲模的安装方式是否正确。

A2　有关基本结构的审核，包括的内容为：

a. 冲压工艺的分析和设计、排样图是否合理；

b. 定位、导正机构（系统）的设计；

c. 卸料系统的设计；

d. 凸、凹模等工作零件的设计；

e. 压料、卸料和出料的方式和防废料上冒的措施；

f. 送料系统的设计；

g. 安全防护措施的设计。

A3　设计图的审核，包括的内容为：

A3.1　在装配图上的各零件排列是否适当，装配位置是否明确，零件是否已全部标出，必要的说明是否明确。

A3.2　零件号、名称、加工数量是否确切标注，是否标明是本厂加工还是外购，是否遗漏配合精度、配合符号，是否考虑了冲件的高精度部位能进行修整，有无超精要求，是否采用适于零件性能的材料，是否标注了热处理、表面处理、表面加工的要求。

A3.3　是否符合制图的有关规定，加工者是否容易理解。

A3.4　加工者是否可以不进行计算，数字是否在适当的位置上明确无误地标注。

A3.5　设计是否符合有关的基础标准。

A4　加工工艺的审核，包括的内容为：

对于加工方式是否进行了研究；条件的加工工艺是否与现有的加工设备相适应，现有的加工设备是否能满足要求；与其他零件配合的部位是否明确作了标注；是否考虑了调整余量；有无便于装配、分解的橇杆槽、装卸孔、牵引螺钉等标注；是否标注了在装配时应注意的事项；是否把热处理或其他原因所造成的变形控制在最小限度。

模具制造者的保证（参考件）

B1　在遵守用户使用和保存条件的前提下，制造者应保证按本标准的要求出售冲模。

B2　除用户特殊要求外，冲裁模的首次刃磨寿命应达到表 B1 的要求。

表 B1　　冲裁模的首次刃磨寿命　　（万次）

工作部分材料	冲模类型		
	单工序模	级进模	复合模
碳工钢	2	1.5	1
合金钢	2.5	2	1.5
硬质合金	40	30	20

注：表中的特定条件为：冲件材料厚度 $t = 1\text{mm}$，抗拉强度 $\sigma_b = 500\text{Mpa}$；当条件不同时，表 B1 所列的寿命数值应用列在表 B2、表 B3 的系数 K_g、K_a 与之相乘加以修正。

表 B2　　K_o 值

冲件材料	σ_b、MPa	K_a
结构钢、碳钢	≤500	1.0
	＞500	0.8
合金钢	≤900	0.7
	＞900	0.6

续表

冲件材料	σ_b、MPa	K_a
软青铜、青铜	—	1.8
硬青铜	—	1.5
钴	—	2.0

表 B3　K_a 值

t，mm	K_a
≤0.3	0.8
>0.3～1.0	1.0
>1.0～3.0	0.8
>3.0	0.5

B3　除用户特殊要求外，冲裁模的总寿命应达到表 B4 的要求。

表 B4　冲裁模的总寿命　（万次）

工作零件材料	单工序模	级进模	复合模
碳工钢	20	15	10
合金钢	50	40	30
硬质合金	1 000		

中华人民共和国国家标准

冲模滑动导向模架

后侧导柱模架

GB/T 2851.3—2008

代替 GB 2851.3—81

Sllding gulde dle sets for press tools

Back pillar sets

1 主题内容与适用范围

本标准规定了冲模滑动导向模架 后侧导柱模架的结构型式、规格和技术条件。

本标准适用于冲模模具用模架。

2 引用标准

GB/T 2854 冲模模架技术条件

GB/T 2855.5 冲模滑动导向模座 后侧导柱上模座

GB/T 2855.6 冲模滑动导向模座 后侧导柱下模座

GB/T 2861.1 冲模导向装置 A 型导柱

GB/T 2861.6 冲模导向装置 A 型导套

3 模架的结构型式、规格和技术条件

3.1 技术条件 按 GB/T 2854 的规定。

3.2 结构型式和规格。

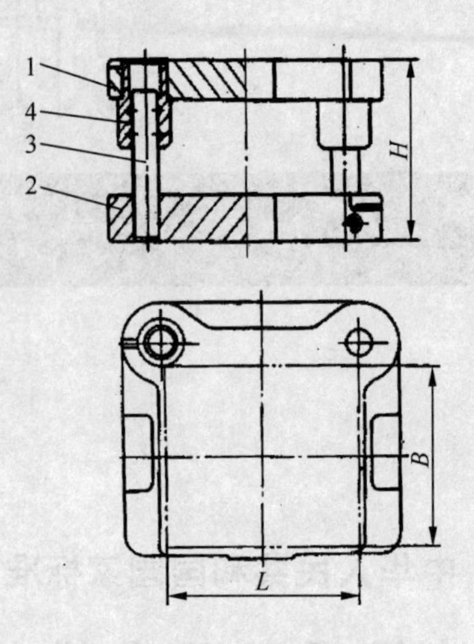

3.3 标记示例：

凹模周界 L = 200mm、B = 125mm、闭合高度 H = 170 ~ 205mm、Ⅰ级精度的后侧导柱模架：

模架 200 × 125 × 170 ~ 205 Ⅰ GB/T 2851.3

mm

凹模周界		闭合高度（参考）H		零件件号、名称及标准编号			
				1	2	3	4
				上 模 座 GB/T 2855.5	下 模 座 GB/T 2855.6	导 柱 GB/T 2861.1	导 套 GB/T 2861.6
				数 量			
L	B	最小	最大	1	1	2	2
				规 格			
63	50	100	115	63 × 50 × 20	63 × 50 × 25	16 × 90	16 × 60 × 18
		110	125			16 × 100	
		110	130	63 × 50 × 25	63 × 50 × 30	16 × 100	16 × 65 × 23
		120	140			16 × 110	

续表

凹模周界		闭合高度（参考）*H*		零件件号、名称及标准编号					
				1	2	3		4	
				上　模　座 GB/T 2855.5	下　模　座 GB/T 2855.6	导　　　柱 GB/T 2861.1		导　　　套 GB/T 2861.6	
				数　　量					
				1	1	2		2	
L	*B*	最小	最大	规　　格					
63	63	100	115	63 × 65 × 20	63 × 63 × 25	18 ×	90	18 ×	60 × 18
		110	125				100		
		110	130	63 × 63 × 25	63 × 63 × 30		100		65 × 23
		120	140				110		
80	63	110	130	80 × 63 × 30	80 × 63 × 30		100		65 × 23
80		130	150	80 × 63 × 25	80 × 63 × 30		120		
		120	145	80 × 65 × 30	80 × 63 × 40		110		70 × 28
		145	165				130		
100		110	130	100 × 63 × 25	100 × 63 × 30		100		65 × 23
		130	150				120		
		120	145	100 × 63 × 30	100 × 63 × 40		110		70 × 28
		145	165				130		
80	80	110	130	80 × 80 × 25	80 × 80 × 30	20 ×	100	20 ×	65 × 23
		130	150				120		
100		120	145	100 × 80 × 30	100 × 80 × 40		110		70 × 28
		140	165				130		
125		110	130	125 × 80 × 25	125 × 80 × 30		100		65 × 23
		130	150				120		
		120	145	125 × 80 × 30	125 × 80 × 40		110		70 × 28
		140	165				130		

续表

<table>
<tr><th colspan="2" rowspan="4">凹模周界</th><th colspan="2" rowspan="4">闭合高度（参考）
H</th><th colspan="6">零件件号、名称及标准编号</th></tr>
<tr><th>1</th><th>2</th><th colspan="2">3</th><th colspan="2">4</th></tr>
<tr><th>上模座
GB/T 2855.5</th><th>下模座
GB/T 2855.6</th><th colspan="2">导柱
GB/T 2861.1</th><th colspan="2">导套
GB/T 2861.6</th></tr>
<tr><th colspan="6">数量</th></tr>
<tr><th rowspan="2">L</th><th rowspan="2">B</th><th rowspan="2">最小</th><th rowspan="2">最大</th><th>1</th><th>1</th><th colspan="2">2</th><th colspan="2">2</th></tr>
<tr><th colspan="6">规格</th></tr>
<tr><td rowspan="4">100</td><td rowspan="4">100</td><td>110</td><td>130</td><td rowspan="2">100 × 100 × 25</td><td rowspan="2">100 × 100 × 30</td><td rowspan="4">20 ×</td><td>100</td><td rowspan="4">32 ×</td><td rowspan="2">65 × 23</td></tr>
<tr><td>130</td><td>150</td><td>120</td></tr>
<tr><td>120</td><td>145</td><td rowspan="2">100 × 100 × 30</td><td rowspan="2">100 × 100 × 40</td><td>110</td><td rowspan="2">70 × 28</td></tr>
<tr><td>140</td><td>165</td><td>130</td></tr>
<tr><td rowspan="4">125</td><td rowspan="12">100</td><td>120</td><td>150</td><td rowspan="2">125 × 100 × 30</td><td rowspan="2">125 × 100 × 35</td><td rowspan="4">22 ×</td><td>110</td><td rowspan="4">22 ×</td><td rowspan="2">80 × 28</td></tr>
<tr><td>140</td><td>165</td><td>130</td></tr>
<tr><td>140</td><td>170</td><td rowspan="2">125 × 100 × 35</td><td rowspan="2">125 × 100 × 45</td><td>130</td><td rowspan="2">80 × 33</td></tr>
<tr><td>160</td><td>190</td><td>180</td></tr>
<tr><td rowspan="4">160</td><td>140</td><td>170</td><td rowspan="2">160 × 100 × 35</td><td rowspan="2">160 × 100 × 40</td><td rowspan="8">25 ×</td><td>130</td><td rowspan="8">25 ×</td><td rowspan="2">85 × 35</td></tr>
<tr><td>160</td><td>190</td><td>150</td></tr>
<tr><td>160</td><td>195</td><td rowspan="2">160 × 100 × 40</td><td rowspan="2">160 × 100 × 50</td><td>150</td><td rowspan="2">90 × 38</td></tr>
<tr><td>190</td><td>225</td><td>180</td></tr>
<tr><td rowspan="4">200</td><td>140</td><td>170</td><td rowspan="2">200 × 100 × 35</td><td rowspan="2">200 × 100 × 40</td><td>130</td><td rowspan="2">85 × 33</td></tr>
<tr><td>160</td><td>190</td><td>150</td></tr>
<tr><td>160</td><td>195</td><td rowspan="2">200 × 100 × 40</td><td rowspan="2">200 × 100 × 50</td><td>150</td><td rowspan="2">90 × 38</td></tr>
<tr><td>190</td><td>225</td><td>180</td></tr>
<tr><td rowspan="2">200</td><td rowspan="2">160</td><td>190</td><td>235</td><td rowspan="2">200 × 160 × 45</td><td rowspan="2">200 × 160 × 55</td><td rowspan="2">28 ×</td><td>180</td><td rowspan="2">28 ×</td><td rowspan="2">110 × 43</td></tr>
<tr><td>210</td><td>255</td><td>200</td></tr>
</table>

续表

凹模周界		闭合高度（参考）*H*		零件件号、名称及标准编号			
				1	2	3	4
				上模座 GB/T 2855.5	下模座 GB/T 2855.6	导柱 GB/T 2861.1	导套 GB/T 2861.6
				数量			
L	*B*	最小	最大	1	1	2	2
				规格			
250		170	210	250 × 160 × 45	250 × 160 × 50	32 × 160	32 × 105 × 43
		200	240			32 × 190	
		200	245	250 × 160 × 50	250 × 160 × 60	32 × 190	32 × 115 × 48
		220	265			32 × 210	
200		170	210	200 × 200 × 45	200 × 200 × 50	32 × 160	32 × 105 × 43
		200	240			32 × 190	
		200	245	200 × 200 × 50	200 × 200 × 80	32 × 190	32 × 115 × 48
		220	255			32 × 210	
250	200	170	210	250 × 200 × 45	240 × 200 × 50	32 × 160	32 × 105 × 43
		200	240			32 × 190	
		200	245	240 × 200 × 50	240 × 200 × 60	32 × 190	32 × 115 × 48
		220	265			32 × 210	
315		190	230	315 × 200 × 45	315 × 200 × 55	35 × 180	35 × 115 × 43
		220	280			35 × 210	
		210	255	315 × 200 × 50	315 × 200 × 65	35 × 200	35 × 125 × 48
		240	285			35 × 230	
250	250	190	230	250 × 250 × 45	250 × 250 × 55	35 × 180	35 × 115 × 43
		220	260			35 × 210	
		210	255	250 × 250 × 50	250 × 250 × 65	35 × 200	35 × 125 × 48
		240	285			35 × 230	

续表

<table>
<tr><td colspan="2" rowspan="3">凹模周界</td><td colspan="2" rowspan="3">闭合高度（参考）
H</td><td colspan="4">零件件号、名称及标准编号</td></tr>
<tr><td>1</td><td>2</td><td>3</td><td>4</td></tr>
<tr><td>上模座
GB/T 2855.5</td><td>下模座
GB/T 2855.6</td><td>导柱
GB/T 2861.1</td><td>导套
GB/T 2861.6</td></tr>
<tr><td colspan="2"></td><td colspan="2"></td><td colspan="4">数量</td></tr>
<tr><td rowspan="2">L</td><td rowspan="2">B</td><td rowspan="2">最小</td><td rowspan="2">最大</td><td>1</td><td>1</td><td>2</td><td>2</td></tr>
<tr><td colspan="4">规格</td></tr>
<tr><td rowspan="4">315</td><td rowspan="8">250</td><td>215</td><td>250</td><td rowspan="2">315 × 250 × 50</td><td rowspan="2">315 × 250 × 60</td><td>40×200</td><td rowspan="2">40 × 125 × 48</td></tr>
<tr><td>245</td><td>280</td><td>40×230</td></tr>
<tr><td>245</td><td>280</td><td rowspan="2">315 × 250 × 55</td><td rowspan="2">315 × 250 × 70</td><td>40×230</td><td rowspan="2">40 × 140 × 53</td></tr>
<tr><td>275</td><td>320</td><td>40×260</td></tr>
<tr><td rowspan="4">400</td><td>215</td><td>250</td><td rowspan="2">400 × 250 × 50</td><td rowspan="2">400 × 250 × 60</td><td>40×200</td><td rowspan="2">40× 125 × 48</td></tr>
<tr><td>245</td><td>280</td><td>40×230</td></tr>
<tr><td>245</td><td>290</td><td rowspan="2">400 × 250 × 55</td><td rowspan="2">400 × 250 × 70</td><td>40×230</td><td rowspan="2">40× 140 × 53</td></tr>
<tr><td>275</td><td>320</td><td>40×260</td></tr>
</table>

附加说明：

本标准由中华人民共和国机械电子工业部提出。

本标准由全国模具标准化技术委员会归口。

本标准由机械电子工业部桂林电器科学研究所模具分所负责起草。

本标准主要起草人王华昌、覃广伟。

本标准委托机械电子工业部桂林电器科学研究所模具分所负责解释。

参考文献

[1] 张荣清主编. 模具设计与制造. 北京：高等教育出版社，2008

[2] 梅伶主编. 模具课程设计指导. 北京：机械工业出版社，2008

[3] 陈志刚主编. 塑料模具设计. 北京：机械工业出版社，2002

[4] 屈华昌主编. 塑料成型工艺与模具设计. 北京：机械工业出版社，1998

[5] 贾润礼，程志远主编. 实用注塑模设计手册. 北京：中国轻工业出版社，2000

[6] 许发樾主编. 模具常用机构设计. 北京：机械工业出版社 2003

[7] 李名望主编. 冲压工艺与模具设计. 北京：人民邮电出版社，2009.